への帰還

レイヴン・ワークス❶

夏見正隆

ハルキ文庫

角川春樹事務所

CONTENTS

監修協力：北芝 健

プロローグ　—Prologue—

（またか）

私は眉をひそめた。

斜め右後ろ。間合い一メートル半、ついて来ている。

尾行されている。

私を監視している——なぜ分かるのかと言うと、微《かす》かな足音の歩調が私の歩きにぴたりと合っている。雑踏の無数のノイズの中で、自分の歩調と周波数がぴったり合う足音。

女か。

足音で体重も分かる。靴の種類も。

ひょっとしたら同じような目に遭う若い父親が、この世にはたくさんいるのかも知れない。たまたま、私にはそれに気づく感覚がある、というだけの話で——

「パパ」

「ん」

「きょうも、こんでるね」

「そうだね」

護《まも》らなければならないのは、私の右手の中にある、もう一つの小さな手だ。

人混みの中では、はぐれないように必ず手を引いて歩く。周りの通勤客の動きが速ければ、後ろからぶつかられないように引いて急《せ》かすこともある。

それが『三十代の男が小さな女の子の手を引いて無理やり連れ去ろうとしている』ように見えるとしても、やむを得ないかも知れない。

ショッピング・モールでは私服の女性ガードマンにつきまとわれる。この朝の混雑する空港駅では——

（ここの警備ということは）

前方を見る。京浜急行の羽田空港駅だ。地下三階のホームから、改札口を抜け、国内線ターミナルへ上がる三本のエスカレーターがある。

振り返らずに進む。

後ろにいるのは、空港警察の女性警察官だろうか。職務に熱心なのは結構だが……。また職務質問をされるのか……。娘を空港勤務者専用の保育所へ預けに行く途中だと、これまでに何度説明させられたか分からない。そのたびに、遅刻をする。

右斜め後ろ一メートルに、ぴったり寄り添うようについて来る女の気配に、私は気が重くなる。以前は振り向いて「いい加減にしろ」と言い、ついでに「その歩き方では正体が丸見えだ」と尾行術の未熟さを叱ったことさえある。私は本業は事務職ではない。気配を悟られずに〈敵〉の後ろを取ること。それが仕事だった。つい一年前までは。

だから、半ば素人のような民間警備員や警察官につきまとわれるのは、へたくそな踊りをすぐそばで見せられるようで（少し前までの私には）我慢がならなかった。

人波にしたがって、エスカレーターに乗る。手を引いて、娘を前の段に乗せた。

二つに結んだ髪のうなじが見える。先日、ショッピング・モールの店で選ばせた紺と白の水玉ワンピースを着ている。背も伸びて来た。あと一年半ほどこの暮らしを続ければ、小学校へ上がってくれる。毎朝、電車に一緒に乗せて職場近くの保育所へ預けることをしなくても良くなる――

そう思った時。

右横を追い越して上がっていく気配に、私は一瞬、身を固くする。

灰色の背広の背中。横を追い越して行く。エスカレーター右側に空けられたスペースを速い歩調で上がって行った。その動きに妙な固さがある。

（何だ）

私は眉をひそめた。

あの男……。

後ろの女性警察官は、それには気づかないようだ。

依然として私のすぐ後ろに立っている。もう少し様子を見て、職務質問をかけようと考えているのか。おそらく私の後頭部を直接見ることはせず、横の広告でも見る振りをしながら私の所作を探っている。前に立たせているのは本当の娘なのか、と疑って観察している。容姿にそっくりなところでも見つかれば、親子と判定してくれるのだろうが……。

私は、背後の女性警官のことはひとまずおいて、エスカレーターを上がっていく後ろ姿に目を引きつけられた。その男は私と同じくらいの歳《とし》か。上着の右ポケットに何か入っている。重く尖《とが》った物だ。歩くたびに前後へ動く、その慣性を気にしているので歩調が固くなっている。外見上の特徴がもう一つ、頭髪が手つかずの状態だ。どこかに勤務している人間には見えない。

（あの男……）

エスカレーターが終わる。国内線ターミナル地下一階フロアへ出る。人々はそれぞれ自分の行き先へ進んでいく。だがそいつだけが違う。どこかへ向かっているのではないようだ。何か物色するように左右へ動線がぶれる。

と、前方にキャスターを引いて一人の女性の後ろ姿があった。後ろでまとめた髪。一目で制服と分かる紺色のスカートの上に私物のジャケットを羽織っている。四角い紺のショルダーバッグ。私の会社ではないが、出勤途中の客室乗務員だ。

灰色の背中が、目標をロックオンでもしたように左右にぶれるのを止め、客室乗務員の後ろ姿へ向けて急速に近づいた。歩を速める。その手が上着の右ポケットへ入る。

まずい。

私は、思わず手を引く娘を見た。空港へ通う毎日の中「大きくなったらCAさんになりたい」とよく口にする。この人混みの中、数分間でも放り出すわけにはいかない。

「すまない」

とっさに振り返ると、私は一メートル背後にいる私服警察官に呼びかけた。そのときに初めて顔を見た。だいたい予測したとおりだ。二十代の半ばか。長い髪をポニーテールに結んだ細身、黒のパンツスーツ。注意を向けていた私が不意に振り向いたので、目を円くしている。一点集中は落第だ、二〇メートル前方の変質者になぜ気づかない……！

「娘を頼む」

「――えっ」

驚く女性警察官に娘――真珠《まじゅ》を押しつけると。

私はフロアの床を蹴った。

走る。

揺れ動く視界の中、灰色の背広の男が右ポケットから何か取り出す。右手に握る。前を行くCAの背中へ突きつけようとする――

「くっ」

私は跳ぶと、灰色の背中へ体当たりし、同時に首筋を捉えて回転しながらフロアのタイルへ叩《たた》き伏せた。がんっ、と衝撃。男の手から何かがこぼれて滑る。

スタンガン……⁉

「動くなっ」

心配だったのは、一年間の平穏な暮らしで〈勘〉が鈍ってはいないか。そのことだった。

少なくとも身体《からだ》の切れは失われていなかった。暴漢の男を、フロアに組み伏せた。

だが男は吠《ほ》えるような声を出すと、組み伏せられた下から左手を突き出した。鋭い銀色の光。

（うっ）

ナイフの尖端《せんたん》が顔を突く前に、私は首を振って避《よ》け、真上へ突き出された手首を左手でつかみ取った。

ここでいったい、何をしているんだこいつは……!?

「取り押さえてくれっ」

私は後ろへ叫んだ。

女性警察官を呼んだのだ。

「取り押さえてくれ、手錠を――」

だがその時だった。

それまで、私はそれらの気配に気づかなかった。やはり一年間のブランクで、〈勘〉が鈍っていたのだ。目の前の〈敵〉のみに集中してしまい、間隔を空けて死角から狙って来る〈その他の敵〉の気配を捉え切れなかった。

複数の足音が、フロアのタイルを蹴って周囲から近づく。

次の瞬間、私は上から取り押さえられていた。

「確保」

「確保っ」

「押さえろ」

三名、いや四名か。私服の男たちが同時に襲いかかって私を取り押さえ、ナイフを持った男から引き離した。

カチッ
な、何をする……!?

右の手首に手錠をはめられるのがあまりに唐突だったので、驚くしかない。

「不審者を確保。現行犯で逮捕した。これより連行する」

「――お」おい、と叫びかけた。

引きずり上げられるのと同時に、自分でも立ち上がる。

「そいつを捕まえてくれっ」

「黙れ」

朝の雑踏だ。

周囲に空間をあけ、大勢の視線が注がれる。

三名に羽交い締めにされ、もう一名が無線のマイクを手にしている。

何だ、この連中は。

目を周囲にやる。変質者の男は……⁉　別の誰かに襲いかかってはいないか。

だが
（……いない⁉）

ざわざわと人のさざめき。

視線が集中して来る。

何が起きているのか分からない。姿を消した変質者の代わりに、私が捕まったのか。なぜだ。だが抵抗すれば、もっと騒ぎになるだろう。

「おとなしくしろ」

「動くな警察だ」

この連中は、私服警察官……？

引きずり起こされた私の正面の位置で、あの襲われかけたＣＡが振り向いて見ている。驚愕《きょうがく》の表情。ひょっとしたら、私に背後から襲われかけた――そう勘違いしたか。

変質者がスタンガンを出すか出さないかで叩き伏せた。普通の人間の目には、私があの男を襲ったようにしか見えないかも知れない。

（――真珠は）

振り向こうとしたが。

「来い」

私服警察官に、無理やり引きずられた。

何をする……！

女性警察官に手を握られた小さな娘の姿が、ちらと見えただけだった。二人して、呆然《ぼうぜん》とこちらを見ている。ポニーテールの女性警官も驚いた表情だ。

（……？）

不審に思った。

あの女性警官、なぜ……。

「おい、待ってくれ私は」

「黙れ」

「来いっ」

三人掛かりで引きずられ、連行された。もう振り返ることは出来なかった。


三分後。

コンコースの〈職員専用〉と表示された扉から地下通路へ入り、折れ曲がった廊下を百メートルほど歩かされ、何枚か扉を通過した。地下の区画の奥まった一室へ、私は連れ込まれた。

「暴行の現行犯で、あんたは逮捕された」

窓の無い一室。

いや――一辺五メートルの立方体のような白い空間の上部の隅に、監視カメラ。そして一方の壁を占める大判の鏡は。

(マジックミラーか……?)

私は四角いテーブルの前に座るよう促された。

とりあえず、従った。

空港警察署の中か——ビル内の位置関係で分かる。

「間もなく担当係官が来る」

私服警察官の一人がテーブルの前で告げた。

両手首に手錠をはめられた私から一メートル半も間合いを取り、間にテーブルを挟んでいる。他の三名は、同じく間合いを空けて周囲を取り囲むように立っている。

「——————」

私が身じろぎすると。

正面の私服警官——私より少し若いようだ——は反射的に半歩下がり、体を斜めにして身構えた。同時に左、右、背後に立つ三名も同じようにした。緊張している——? 動きの固さから、彼らの格闘の技量はだいたい推し量れる。

(…………)

さっきは不意打ちを食った。

今は、彼らの眉間、顎、みぞおちの位置が自然に目に入る。

この四人が相手なら。私は両手首に手錠をはめられたこの体勢から、十秒以内に四人とも倒してここから傷一つ負わず出ていくことが出来る――

そうしないのは。

私が現在は民間航空会社に勤めるサラリーマンだからだ。職について安寧に過ごしている日常を、ぶち壊したくはない。

暴漢が女性を――あのCAを襲うところだった。だから助けた。その経過を冷静に説明すればいいだけのことだ。あのコンコースには防犯カメラが何台もあるはずだ。警察なら動画をプレイバックして見ることが出来る。

心配なのは、娘のこと――それから、勤務先にまた遅刻することだ。

扉を開けて、誰かが入室して来た。

「――――」

私と目が合う。

ダークスーツの男。長身。年齢は私と同じくらいだが頭髪は禿《は》げ上がり、縁なしの眼鏡をかけている。体格はいい、着やせする方か――

男がコートを脱ぐと、私服警官の一人がさっ、と後ろに廻《まわ》って受け取り、部屋の隅のハンガーへ掛ける。

縁なし眼鏡の男は礼も言わず、うなずくと私とさしむかいの席に着く。「うん、もういい」とつぶやくように言うと、四名の私服警官たちは男に一礼して退室してしまう。

「ほっとしている」

パイプ椅子を鳴らした男は、私に向き直ると言った。

「瀬名《せな》一輝《かずき》君」

「？」

私の名を……？

「君が、あの連中を潰してしまいはしないかと心配していた」

「……？」

何だ。

ここへ連れ込まれ、まだ身分を示すものを提示させられていない。ただ手錠をかけられ『座れ』と強要されただけだ。

なぜ私の名を。

何だ、この男――

私は男を見返した。

日本人ばなれした印象……。そういえば昔、幹部レンジャー課程の訓練でフランス陸軍からの交換研修生と行動を共にした。フランスでは禿げた男が女にもてるんだ――そう口にしていた。そいつに感じが似ている。

「瀬名君、先ほどは失礼した」

「まだ身分を示すものを何も見せていないが」

私も口を開いた。

「なぜ、氏名が分かる」

いったい何が起きているのだ。

四人の私服警官に連行されてから。私は身分証明書の提示も求められず、ただこの部屋に連れ込まれ座らされただけだった。

変だ。警察は暴漢を捕まえたら――少なくとも暴漢だと思って捕まえたら、まずその者の身分・素姓を調べて明らかにしようとする。そうしないと調書が作成出来ない。

なぜ、私の名を知っている。

この男は誰だ。

「手を出してくれ」

私の問いに答えず、男はテーブルの上に手を出せと促した。

小さな鍵を胸ポケットから取り出す。

「さっきのは、君を試すためにやった。あれは変質者ではない、公安の刑事だ」

「……⁉」

「君がどうするか、見ようと思った。非礼はわびる」

私は、テーブルの上に両手首を載せ、男に手錠を外させながらその顔を見た。

何者だ。

公安……？

「反応は速く、かつ冷静な行動。合格だ」

「――――」

手錠が外される。

息をつくと、私は立ち上がった。

「失礼させてもらう」

「君に、仕事を依頼しようと思ったのだ。聞かないか」

「お断りする」

私は背を向けた。

感情はコントロールする方だが、胃の中にしこりが出来る感じだった。

「瀬名君」

背中から声をかけられた。

「バッジを二つ持っている君が、総務課で社員の交通費の計算か」

「――――」

私は応えず、部屋を後にした。

それ以上、引き止められることはなかった。

「パパ」

娘は、廊下のベンチで私を待っていた。

あのパンツスーツの女性警官が横につき添っている。

私の姿を見て、二人とも立ち上がった。

水玉ワンピースが走って来るのを抱きとめる。

「済まなかった。助かる」

女性警官の方へ、先に声をかけた。

「騒がせてしまったが――疑いは解けたようだ」

「いいえ」

髪を後ろで結んだ二十代の女は、ぺこりと会釈した。

固い表情で私を見る。

美形だが化粧気は無い。正体を測りかねている、という顔だ。

長々と説明するつもりはない。私がこの小さな娘――真珠の父親だと理解してくれれば、
それで良かった。

「これから保育所へ行かなきゃいけない。失礼する」

娘を抱きあげたまま、女性警官に背を向けた。

小さな身体が細かく震えている。怖い思いをしたのだろう。

（――くそ）

心の中で舌打ちする。

こういう思いを、させてはいけないのだ。

「済まなかった真珠。怖かったか」

「ううん」

私に抱っこされたまま、四歳の娘は頭を振る。

「パパは、悪い人からCAさんを助けたって」

「――？」

私は立ち止まり、振り向いた。

まだ女性警官は、廊下に立ったままこちらを見ていた。

「なぜ」

私は口を開いた。

「なぜ君は、驚いていた」

二十代の女は、私を見返して眼《め》をしばたたいた。何を訊《き》かれたのか分からない、という表情。

「公安のチームがあそこにいたことを、君は知らされていなかったのか？」

確認するように問うと。

「…………」

女は慎重な様子で、周囲にさっと目をやりながら小さくうなずいた。

「そうか」

「パパ」

抱きあげた娘が、自分で歩く、と言いたげに声を出した。

「ごめんよ」

私は真珠を床へ降ろすと、手を引いた。

女性警官に背を向けた。

「行こう。パパは遅刻になる」

ESCAPE THE PAST

CHAPTER-1 過去からの脱出

RAVEN WORKS

1

「すぐ社長室へ行ってくれ」

スカイアロー航空の本社は、羽田空港国内線第二ターミナルの四階に間借りしている。社員数は契約雇用も含めて八〇〇名。運航、客室、管理部門まで全部、ワンフロアに収まってしまう。こぢんまりした所帯だ。

スカイアローは八年前、新規の国内線航空会社として設立された。路線は羽田から国内の各地。チャーターで近距離の国際線も飛ばしている。創立者の社長が業界の寵児《ちょうじ》と持ち上げられたのは初めのうちだけで、最近は後発のＬＣＣ（格安航空会社）が乱立し、経営は苦しいと聞く。

こんなふうに一歩引いて、傍観者のようにこの会社を見ていることを、時々申し訳なく思う。

私は世捨て人のようなものだ。流れ者となった身を、人の縁でこの会社に拾われ、一宿一飯の恩を受けている。本当は特殊技能も資格もある。しかし使おうと思わない。地味で目立たない事務職につけてもらったことを、感謝している。

「じきじきにお呼びだ。すぐに行ってくれ瀬名君」

総務課長は私より少し歳上だ。自衛隊出身の中途採用の総務課員が、多少仕事の要領が悪かったとしても、あまり文句を言わない。

「分かりました」

私は自分のデスクにつこうとしたところを、座らずに一礼し、部屋を出た。

総務課にはほかに三人の女子社員がいる。それぞれパソコンに向かって作業していた。今月の社員の通勤費集計が締切に近い。私の方は見る暇もない、という感じだ。

よく遅刻をする、使えない中途採用の男——そう見られている。いてもいなくてもあまり関係ない。小さな連れ子がいることも知られている。奥さんに、逃げられたらしいよ。この会社へ来た当初、そう噂《うわさ》されたらしい。

「一八億だって」

「……本当?」

通路ですれ違う女子社員が二人、小声で言い交わすのを聞いた。

「うち、危ないんだって」

「やだ」

社長室だけは、このフロアで独立した個室だ。風通しの良い社風をアピールするために扉をわざと開けっぱなしにするとか、そのようなことはしていない。その代わり社長自身は現場をみずから廻《まわ》ることが多く、この部屋に籠ることは少ない。

ノックしようとすると、内側から扉が開いた。扉の表面を叩《たた》こうとした拳が行き場を失い、一瞬「……!?」と驚く。

扉を開いたのはスーツ姿の女性だ。切れ長の目。

「どうぞ」

低い声で、私を招き入れる。

新しい秘書……？

短めのボブカット。見たことのない顔。

うなずいて、入室しながら異和感を覚える。灰色のスカートから伸びた脚。すらりと細いが、ヒールのあるパンプスを履いたふくらはぎが普通でない。

異和感に、室内の空間を反射的にチェックするがほかに異状は——

「瀬名」

呼ばれて、視線を前方へ戻す。

執務机の向こうに、後姿がある。駐機場を見下ろす窓にブラインドが下ろされ、縞《しま》模様の光が差し込む。その背中が私を呼んだのだ。

鍛治《かじ》光太郎《こうたろう》だ。

「社内には、もう漏れている。ここへ来る途中に何か聞いただろう」

「一八億という数字、ですか」

「そうだ」

鍛治光太郎は私より六つ上だ。石川県の小松基地にある第六航空団・第三〇七飛行隊へ新人として配属された時、私の直属上司の飛行班長だった。一般幹部候補生出身、つまり防大ではなく普通の大学を出た幹部だった（専攻は経営学だったという）。

鍛治光太郎は、そのマネジメント能力を買われ、当時三十歳の若さで飛行班長のポジションを任されていた。防大出ではないのに出世コースだ。

一年間、飛行班で一緒に飛び、指導を受けたが、ある日あっさりと辞めてしまった。

以前からやりたかったという新規航空会社の立ち上げに関わるためだ――そう知ったのは少し経《た》ってからだった。気づくとＴＶの経済番組でよく顔を見るようになっていた。航空自衛隊のパイロットになったのは、大学を出る時に民間エアラインの自社養成パイロット採用試験に受からなかったからだ、と自分のことを語っていた。たまたま防衛省一般幹部候補生の飛行要員だけ受かったので、とりあえず戦闘機に乗った。本当は海外によくいる『パイロット出身の航空会社の経営者』というのになってみたかった、と話す。おそらく本心だろう。そういう男だった。

一年前。私が空自を辞めた時、この会社へ呼んでくれたのも鍛治だ。

「でも飛行機に乗る気は、もうありませんよ」

「いい。乗りたくなければ、経理でもやれ。真珠ちゃんを抱えて、大変だろう」

自衛隊と民間の違いはあれ、航空会社というのはどうか、と思ったが。

特殊技能を活かさず、三十三歳の身で目立たず地味に生活しようとすると、条件のよい求人はあまりない。有り難く、総務課員として働かせてもらうことにした。

「五日以内に一八億調達しないと、債務超過に陥る。LCCの参入で取られた客足が戻らない。対策の手は打ったが、運転資金がショートしつつある。ここを乗り切れないとうちは終わりだ」

淡々と、鍛治は背中で告げた。

私は、何も言うことが出来ない。ただその背中を見て、日頃から会社の存続など他人ごとのように思っていることを、少し恥じた。

考えてみれば。社員の生活を守ることは例えば野戦行動で部下の生命を守ること、あるいは空中で編隊僚機の安全を守ってやるのに等しい――


「だが大丈夫だ、資金のあてはついた」

背を向けたまま、鍛治は続けた。

「融資をしてくれるスポンサーが見つかった」

「それは――」よかったですね、と言いかけたが。

なら、急に呼ばれた意味が分からない。

訝《いぶか》ると、鍛治はくるりと私に向いた(身体の切れがよいのは、今でも鍛錬を欠かさないのか)。

「条件があるのだ」

「条件……？」

「そうだ」鍛治はうなずく。「瀬名、融資の条件は、お前が飛んでくれることだ」

飛行隊時代には短く刈り込んでいた頭髪も、今は白髪が目立つ。

目尻と唇の端に刻まれた皺《しわ》は、戦闘機パイロット時代とは別次元のストレスによるものか……。

目の鋭さだけは変わらない。その眼光で、恩のある先輩は私を見据えた。

「瀬名。今、お前でなければ飛べないフライトがある。強いて命令は出来ない、しかし会社を救ってくれる気持ちがあるなら、この際、禁を破ってくれないか」

「…………」

私は絶句するしかない。

物音がして目をやると。

ボブカットの女性秘書（いや私が『秘書』と思いこんでいるだけか？）――灰色スーツの女が、応接テーブルの上に大型のノートPCを開いた。

「――説明を聞け、というのなら」

聞きます、という意味で私はうなずいた。

かつて「飛ばない」と決めたのは、他人を不幸にしたからだ。

だが飛ばないことに固執して、多くの人が不幸になるならそれは私の本意ではない。

「説明しよう」鍛治はうなずき、続けた。「今回、うちへ資金提供してくれるかも知れない――かも知れない、と慎重に言うのはフライトのミッションが成功することが条件だからだ。一八億を出してくれるとオファーして来たのは」

鍛治は、ちらと灰色スーツの女に目をやった。

一瞬だが、その目の動き――確認するように女を見た視線に、私は異和感を持った。

だが、そう感じたことは悟られないよう、私は視線を前へ保った。

「ある自動車メーカーだ」

「自動車メーカー……?」

「そうだ」

鍛治は、誰もがよく知っている社名を出した。日本を代表する企業の一つだ。

「説明しよう。見てくれ」

2

三十分後。

「――――」

私は、人けのない会社のロッカールームでグレーの金属扉を前にしていた。表には『総務課　瀬名』のネーム。

出勤時間帯をとうに過ぎ、ほかに人影はない。

上着のポケットから鍵束を取り出す。

鍵穴に差し込み、手を止めた。

（――――）

――『やることに予測がつかない』

脳裏に蘇《よみがえ》る言葉がある。

鍛治光太郎の声。

――『やることに予測がつかないのだ、あの若い三代目は』

手を止めたまま。

ついさっき社長室で聞かされた内容を、私は反芻《はんすう》する。

開かれたノートPCの画面を指し、鍛治は言った。

「瀬名、これは救出ミッションだ。うちの会社の機を使って、北朝鮮の工業団地まで日本企業の社員を救出に行く」

その時。

私は画面に現れた地図に、言葉を呑《の》み込んだ。

いま社長は何と言った……？

どこへ行けと……

黙っていると
「ここがどこだか分かるか」

鍛治は画面の地形図を拡大した。日本海に面した、朝鮮半島の海岸線。ギザギザの海岸が南北に続く。リアス式の地形なのか……。

「………」

私は口を開いた。

「軍事境界線のすぐ北側です」

「開城《ケソン》という地名を聞いたことは？」

「確か、北朝鮮と韓国が共同で造ったという――」

「そうだ」鍛治はうなずく。「ここに、開城工業団地がある。北朝鮮と韓国の国境、軍事境界線の北限からわずか一キロ。北朝鮮領内に北側が土地と労働力を供出、韓国側がインフラ整備を提供して共同で造り上げた。二〇〇〇年に韓国側から当時の太陽政策の一環として提案され、実現した」

「………」

「韓国企業が、北朝鮮の安い労働力を利用して、月に四〇〇〇万ドルの工業製品を生産していた。北側には年間九〇〇〇万ドルの外貨が入る。双方にとって都合のいい事業だったわけだ。つい半年前には製品の出荷と人の往来のため、区域内に飛行場まで建設された。韓国の地域航空会社がソウルから直行便を飛ばし始めた矢先だ。だが現在の状況はどうか、お前も報道で知っているだろう」

「……確か、一方的に？」

「そうだ」

私は、賃貸で借りている部屋に新聞を取っていない。見るのが嫌になったからだ。

あの〈事件〉以来――書いている人間の『顔』が見えて来る気がする。TVのニュース番組もあまり見ない。外国のメディアも含め、ネットなどを利用して、世間の情報は自分で取り、自分で判断する。

「北朝鮮では前の最高指導者が死去して」

鍛治は話を続けた。

「支配者の代替わりが行われた。新しい若い最高指導者は何を思ったのか通算三度目になる核実験を強行し『核開発続行』を宣言した。当然、アメリカは怒る。日本も北を非難して、経済制裁の続行を決めた。そして当の韓国だが」

「――」

私は黙って聞いた。

鍛治は私の顔を見て、こういう話題を振られるのは辛《つら》かろう、という表情になった。

だが、部屋の壁際に立つ女の方をちらと見やると、続けた。

「多くの韓国人は、実は北の核を悪く思っていない。あれは北がアメリカに攻め込まれないようにするため開発したものであって、自分たち同胞へ向けて使うはずが無いと思っているし、いずれ南北が統一すれば『朝鮮民族全体の財産』になると考えている。だから韓国政府はアメリカに同調する振りをして一応の非難声明は出したが、開城での操業は通常通り続けようとした。だが」

「――――」

「北は、核実験を非難した報復として軍を出し、開城工業団地を一方的に閉鎖、製品はすべて接収した上で韓国に対して謝罪と賠償を要求して来た。謝罪して金を払わないと工業団地は永久に閉鎖する、と言う。韓国は支払いに応じる意向だ。なぜなら元々開城開発の絵を描いて当時の大統領を使って北に提案させ、実際に現地に投資しているのが韓国一の有力財閥グループだからだ。現政権にも深く食い込んでいる。彼らが今後、北とどのように交渉するのかは俺たちの関知するところではないが、一つだけ大きな問題がある」

「――問題？」

「そうだ」鍛治はうなずく。「実は最近になって、一部の日本企業が開城工業団地へ進出しようと計画し、現地調査を始めていた。視察団が現地へ訪れているところに急に核実験が強行され、日本企業数社の幹部からなる視察団五〇名は結果的に今、現地に閉じ込められている」

「………」

そんなことがあったのか。

私は絶句した。

「お前が知らないのも無理はない」鍛治は続けた。「これは一切、報道されていない。最近は韓国への国民感情がよくない。韓国財閥が開いた朝鮮半島の工業団地へ進出を考えている、などと知れると企業イメージが損なわれる恐れがある。しかし一方、月にわずか七〇ドルの賃金で使える労働力は魅力だ。中国での労使トラブルや賃金の上昇で、企業はみな東南アジアへ生産拠点を移しつつあるが、タイやマレーシアは遠い。ところが開城なら福岡から飛行機で三十分、東京からでも二時間以内だ。しかも安い。企業イメージが多少毀損されても、大勢で一度に進出すれば大丈夫だろう――経済界ではそう考えた」

「……」

「さらに重要なことが一つある」

「何です」

「視察団の団長が恩田《おんだ》啓一郎《けいいちろう》氏だ」

恩田啓一郎……？

よく耳にする。

「その人が、団長なのですか」

「そうだ。恩田自動車の創業者であり会長、カリスマ経営者であり、恩田塾と名付けた経営者のための塾を開き、幅広く世の経営者を教えている。この俺も実は恩田塾のメンバーだ」

「――――」

「恩田自動車としては、何としてでも会長一行を無事に救出しなければならない。俺も気持ちは同じだ」

「ならば」

私は口を開いた。

「政治的に安定するのを、むしろ待ったらどうなのです――うちの会社が立ちいかなくなるかどうかは別として、ですが」

北朝鮮領内の、工業団地――

どんな環境なのか。

多くは知らない、しかし北の領土内の特区というなら、周囲は厳重にブロックされ、囲われている可能性が高い。

そして北朝鮮と韓国との国境は単純な一本の線ではない（もともと北と南の間に正式な『国境』は存在しない。互いに「半島全域が自国の領土」と主張しているからだ）。軍事境界線が事実上の国境だが、これは『線』ではなく、山岳地帯を横断して伸びる東西二五〇キロ・幅四キロの『帯』だ。南側と北側の限界線はそれぞれ鉄条網に覆われた柵で封鎖され、内側は地雷で埋め尽くされている。人間が事実上入り込めないので、野鳥の楽園になっているという場所だ。限界線のさらに外側には民間人統制線が引かれ、ここに検問所があるため一般市民は軍事境界線そのものにすら近づけない。特別に開放された道路と、鉄道を経由しなければ、南から陸伝いに北へ行くことも、もちろんその逆も無理だ。

これくらいの地理的知識は、私でも持っている。

だが

「瀬名、やることに予測がつかないのだ、あの三代目は」

鍛治は続けて言った。

「代替わりした若い最高指導者は、つい数日前も、中国共産党と繋《つな》がりが深いと言われる自分の実の叔父を『不正があった』と言いがかりをつけ銃殺している――いや実際は裸に剝《む》いて檻《おり》に入れ、腹の減った犬の群れをけしかけたという。それを笑って見ていたと」

「……!?」

「信じられぬ話だが」鍛治はまた壁際をちらと見る。「事実のようだ」

「……」

私は、振り向いて壁際の女を見た。

何者だろう。

目立つ容姿だ。新しい社長秘書なら、オフィスで社員たちが噂するはずだが……。

「はじめまして」

私の視線を受け、女は会釈した。

「恩田自動車秘書室主任、坪内沙也香《つぼうちさやか》です」

まるで、暗記して来た名前をそのまま口にした――

そんな感じを受けたが。

揚げ足を取っている場合ではない。私は「どうも」とだけ会釈した。

「彼女は、恩田自動車とのパイプだ」

鍛治が言った。

「恩田自動車としては、まず政府に、政府専用機での視察団の救出を要請した。しかし現地の飛行場の滑走路は短く、物理的にジャンボは降りられない。ならば自衛隊機を出してくれないかと要請したが、政府は難色を示した。軍事緊張の高まる朝鮮半島へ自衛隊機を飛ばすのは、南北朝鮮への刺激が大きい。代替案として、政府が外交ルートを通じて飛行許可を取るので民間チャーター機を出してはどうかと言って来た。ところが」

「――」

「恩田が大手の航空会社数社に打診すると、みな危険性が大きいことを理由に断わった。恩田に恩を売るのはビジネスチャンスだが、パイロットの組合が反対して飛行を拒否するのでどうしようもない、と言う。それで彼女がうちに話を持って来てくれた」

「しかし鍛治さん」

「そうだ、うちの会社にもパイロットの組合はある。おそらく同じように危険性を理由に拒否するだろうし、万一の場合、俺も社長として責任が取れない。しかしうちの会社にはお前と俺がいる」

「――――」

「お前はＦ15を降りてまだ一年、技量もある。俺はフライトの現場を離れて長いが、右席で副操縦士の業務なら出来る。シミュレーターでの慣熟訓練はすぐに用意出来る。一緒に開城まで飛んでくれないか」

（――――）

ロッカールームは、静かだった。

私は、グレーの金属扉を見つめたまま立っていた。

鍵穴にキーを差し込んだまま。

すまない。

心の中で言った。

「お断りします」

三十分前。私は恩のある鍛治光太郎に、頭を振らざるを得なかった。

「危険かどうかは顧みないが——私は北へは飛べません」

「駄目か」

「すみません」

頭を下げた。

脳裏には、三つ編みの髪の幼な子が浮かんだ。

「鍛治さんにこの会社へ呼んで頂きましたが——お断りする以上、もう世話になれません。

辞表は後ほど」

「待ってくれ」

だが鍛治は私を遮った。

「お前が飛べないと言うのは、矢島《やじま》のためか。それとも真珠ちゃんのためか」

「…………」

私は息をついた。

毎日、朝夕、手を繋いで歩いている小さな娘。その手のひらの感触——

「生きていけないのです、私がいないと——あの子は私がいなくなれば生きていけません。

今も保育所へ預けている」

「真珠ちゃんなら、フライトの間、うちで預かる」

「鍛治さん」

「万一のことがあれば——考えたくはないが、そんなことがあったら、うちで引き取る。

俺と家内の間には子供がない。万一の場合——そのときは俺もこの世にいなくなる可能性が高いが、この会社が存続し、家内がいれば大丈夫だ」

「…………」

「社員八〇〇人。そして俺が一生をかけたこの会社。救うことが出来るならば、何でもやる。俺は生命は」

「鍛治さん」

今度は私が遮った。

真珠を、また別の『親』に預けようというのか。

「そういうことを。言わないで下さい」

「すまない、矢島」

私はロッカーの前でつぶやいた。

金属扉の並ぶ空間は、しんとしている。

鍵穴に差し込んだキーを、回した。

この扉は、入社した時に私物を収めた後、一度も開けていない。大田区の賃貸マンションの部屋に置いてはおけない物を、ここへ取りあえず収納したのだった。そして私は普段、まったく寄りつかない。

扉を開くと、嗅ぎ慣れた匂いがした。中に吊《つ》るしてあるのは暗緑色の一着のつなぎだ。

階級章やワッペンを一切外してあるから、単なる作業服にしか見えない。

「――――」

衣服を吊るすスペースの上に、小物を置く棚がある。小さな、白っぽい桐《きり》の箱が二つ。手に取って、一つずつ開けてみる。片方は鈍い銀色――翼を広げた鷲《わし》が、足の爪で桜の花を摑《つか》んでいる。螺子《ねじ》で衣服の胸につける徽章《きしょう》だ。

もう片方を開けると、金色の月桂樹がダイヤモンドを包み込んでいる（こちらの徽章はあまり身につけなかったから、真新しい光り方だ）。

月桂樹にダイヤモンドの方は、陸上自衛隊の訓練に特別参加して取得したレンジャー・バッジだ。「物好きな人ですね。ウイングマークとレンジャー・バッジを両方持っている自衛官なんて、瀬名一尉くらいのものですよ」幹部レンジャー課程を修了し、バッジを授与されたとき世話役の陸幕《りくばく》の係官に言われた。

「いずれ半島有事が起きれば、集団的自衛権を行使して我々も向こうへ行く。その時に、陸戦のオペレーションを熟知したパイロットが航空支援の編隊を指揮すれば、必ず役に立ちます」

「なるほど」係官はうなずいた。「さすがは防大五〇期のエリート、考え方が違う」

私は、唇を嚙《か》んだ。

「――すまない矢島」

気づくと、つぶやいていた。

「俺は一度だけ飛ぶ。世話になった先輩と、仮にも同僚である多くの」

だが言葉は、そこまでしか出ない。

俺は言い訳をしているな……。

立ったまま数秒間、固まっていたが。

私は顔を上げると、桐の箱を棚に戻し、ハンガーで吊るしたつなぎを取った。棚に置いたレイバンのサングラスのケースも手に取る。

3

十分後。

「MD87だ」

羽田空港・整備地区の一番外れ。

スカイアロー航空の第二整備ハンガー——つまり普段は使われない機体を入れてある格納庫——の薄暗い空間に私は立っていた。

鍛治光太郎と共に、たたずんでいる流線型を見上げる。

頭上で鈍い音。体育館のような湾曲した天井に水銀灯が次々点灯する。強力な照明だが、スイッチを入れられてから徐々に明るくなる。T字尾翼の巨大な機体が、薄闇の中にゆっくりと全貌を現わす。

（――――）

私は機体を見回す。

これは。

双発のリヤジェット旅客機か……。

一五〇席クラスか――いまどき珍しい。空港でもこの型式は見かけない。

「うちが機材をエアバスに更新する前に使っていて、買い手がつかず残っている一機だ。古いので売れない」

鍛治は機体を指して言った。

「ＭＤ80シリーズの胴体を短く詰め、短い滑走路で離着陸出来るよう推力／重量比を高めた機体だ。この通り旧式でも、加速力・運動性だけで見ればすべての旅客機の中で最高の機体だ」

「――――」

頭上にそびえ、翼を広げるアルミ合金の巨体――

その匂いに、数秒間、我を忘れていたのに気づく。

いけない。だが自分の中で何かが目を覚ますような感覚は、本物だ。どうしようもない……。

機首の『McDonnell Douglas』——F15イーグルを開発した航空機メーカーだ。このエンブレム——惑星の周囲を衛星が駆け巡るマークに、また対面しようとは。

「この格納庫に隣接して、この機のシミュレーターもまだ残っている。技術部に命じて、電源を入れて使えるようにした」

鍛治光太郎がハンガーの一方の壁を指す。

「出発は今夜遅くだ。それまでにマニュアルの操作手順を習得し、飛ばせるようにしてくれ。無理な注文は承知だ」

「夕方までには習得します」

私は機体を見上げたまま、応えた。

「その後、一時間ばかり抜けさせてください」

私は暗緑色——オリーブグリーンの飛行服を身に着けていた。飛行訓練をするのなら、自分にはこの服装以外に考えられない。

民間航空では、特にエアラインではこんな恰好《かっこう》で機を飛ばすパイロットはいない。事情を知らぬ者が見れば、社長が変わった色の作業服を着た整備士と話し込んでいる——そう思ったかもしれない。

「真珠ちゃんの迎えなら、うちの家内を行かせるが」

鍛治は言った。

「お前が保育所に連絡しておけばいい」

「知らない人が行けば、恐がります」

私は、かつて愛用していたレイバンのサングラスをかけた。

「大丈夫です。通常操作手順だけなら、夕方までに覚えられます」


ハンガーの壁に造りつけた階段で、隣接する訓練棟の中二階へ上がった。

「今回の飛行の件は、極秘だ」鍛治は言う。「機体の飛行準備をさせるのも、社内には『香港のチャーター専門会社に売れそうなのでデモ飛行をする』と説明する」

「会社を助けるフライトなのに、社内にも……？」

「そうだ」

鍛治はうなずく。

「政府は外交ルートで北朝鮮に飛行許可を取る。しかし公にはしない。フライトプランも『日本海上空でのテスト・ミッション』でファイルする」

「なぜです」

「我々を行かせるために、交換条件として、経済制裁の一部を解除する。万景峰号《マンギヨンボン》の新潟寄港を一回だけ認めるらしい。表向きは人道上の理由だ。だが今回の救出フライトとバーターだと知れたら、政府も財界も非難を浴びる。内閣支持率が下がるだろう。北は支持率を見ている。下がれば、拉致被害者を取り戻す外交交渉に支障が出る」

「――」

「瀬名。うちの技術部に顔見知りは？」

「いません」

「なら、お前は、香港の会社から派遣されたテスト・パイロットということにする」

「――何ですって？」

「そのなりなら、ばれんよ」

「――」

私は眉をひそめるが

「マニュアルはもう用意させてある」

鍛治はシミュレーター訓練用のブリーフィング・ルームへ入っていく。

立ち上げ作業が行なわれるシミュレーターを横目に、用意させたマニュアルをブリーフィング用のテーブルに広げた。革製バインダーに綴《と》じられた分厚い『航空機運用規程』。ずっしりと重い。この紙のマニュアルだけで、電子ファイルは無いのだという。

「悪いが、今から他の用事で中座する。俺は創業当時に自分で飛ばしたこともあるから、右席の操作手順だけなら何とか追える」

鍛治は言った。

本当に、副操縦士として乗るつもりなのか。

「お前が操作要領を概略覚えた頃に戻る。出発までに一緒に操縦訓練をしよう。左の機長席についていてくれ。俺は右席につく」

「鍛治さん」

「また一緒に飛べる。頼むぞ」

鍛治は笑って私の肩を叩くと、技術部の主任に「頼む」と声をかけ、行ってしまう。

「――――」

私はしばらく、年季の入った革製のバインダーの表紙を見下ろした。

サングラスは掛けたままにした(確かに機体やシミュレーターを扱う技術部員に顔見知りはいないが、食堂などですれ違っているはずだ)。

マクダネル・ダグラス社のエンブレムが型押しされた分厚い表紙を、指で開いた。

懐かしい感じがする、英文の手順書と図解が目に飛び込んで来た。

McDonnell Douglas　MD87――

私が航空自衛隊で飛ばしていたのは、戦闘機――F15Jイーグルだ。

身体にかかるGの感覚は、今でも神経に生々しく残る。防衛大学校を出てから十年間、飛行機に乗ることが生活だった。航空機のマニュアルを前にすると、この世界から離れていたのは一年だけなのだ――そう実感する。

マニュアルをめくる。戦闘機とは違うが、航空機の操作手順解説書はどれも書きぶりがだいたい同じだ。

航空機の操縦は、エンジン・スタート前の機器類のセットアップに始まり、無数の操作手順を記憶する必要がある。パイロットは操縦桿《そうじゅうかん》と計器パネルを前にして座る。何か手引書を見ながら操作することは出来ない。緊急時のチェックリストの読み上げ等を除いて、通常の手順はそらで行わなければならない。

操作手順を素早く習得するには、コツがある。私が用いるのはフォト・リーディングという速読法だ。見開き二ページをワン・グランスで一秒。昔の百科事典一冊分はある通常操作要領の巻を、三分ほどで端から端までさらう。

（――Ｃ１輸送機と、だいたい機体規模は同じか……）

Ｃ１なら少し知っている。

陸上自衛隊の幹部レンジャー訓練に参加した時に乗った。レンジャー課程ではパラシュート降下までは習得しないが、希望して第一空挺団の降下訓練を見学した。木更津基地からＣ１輸送機に搭乗し、空挺隊員たちが習志野の演習場へ降下する場面を機上で見学した。その時のＣ１の機長が防大の後輩だった。帰途に副操縦席に座らせてもらった。

（胴体はＣ１より一〇メートル長いが、横幅は狭い……）

燃料と積載物無しのゼロフューエル・ウェイト――空虚重量は、ほぼ同じだろう。だが性能要目の〈エンジン推力〉の数字に、目を引きつけられた。

「エンジン推力が、素晴らしいでしょう」

ふいにテーブルの横で声がした。

目を上げると、ベージュのジャンパーにメタルフレームの眼鏡を光らせた技術部員が立っている。若い顔だ。二十代か。

「プラット・アンド・ホイットニーのJT8D-217Cをつけています。推力は、片側二〇〇〇〇ポンドの双発です——あ、日本語わかりますか」

「——あぁ」

「技術部の木室《きむろ》といいます」

若い技術者は会釈した。

私の飛行服を珍しそうに見ている。

「ひょっとして、航空自衛隊出身の方?」

「——————」

「いえ、日本人で、このMDのマニュアルとシミュレーターを半日で一通りマスターして、夜からテスト・フライトだなんて。そんなことが出来るのは空自出身のベテランの方以外には」

「まぁ、そんなものだ」

「やっぱりね」メタルフレームの若い技術部員は、嬉《うれ》しそうに笑う。「そうなんじゃないかって、思ったんです。C1輸送機のご経験はありますか」

「少し触った程度だが」

「このＭＤ87を、ただの民間旅客機と思ってはいけません。マニュアルをご覧の通り、機体サイズに関しては、横幅と縦の長さを相殺すればＣ１とほぼ同じです。空虚重量も同じ。しかしエンジン推力は、Ｃ１と同じＪＴ８Ｄシリーズでありながら、最終型の２１７Ｃを装備したためおよそ一・五倍となっています。推力／重量比がＣ１の一・五倍です」

「――――」

「この数字が、どのような性能差となって現れるか。楽しみじゃありませんか？」

「シミュレーターの準備は」私は木室という若者に訊《き》いた。「もう、出来ているのか」

「いつでも飛べますよ」

「――――」

一時間後。

六軸の油圧シャフトに支えられ、宙で飛行機の動きを模擬するシミュレーターを、私はいったん床へ降ろした。

シューッ、と油圧の抜ける音とともにコクピットの動きが止まると、外側から跳ね上げ式のブリッジがかかる。シミュレーターは、外から見ると、切り取られた実機の機首に映像投影装置を取りつけた形態だ。

「おい、大丈夫か」

操縦の慣らし練習を中断し、シミュレーターを止めたのは、右席に座らせた若者――技術部員の木室が気分の悪さを訴えて吐きそうになったからだ。

訓練を手伝ってくれると言うので、マニュアルを抱えて横に乗ってもらった。フォト・リーディングで頭に入れた操作手順を、実際に左側操縦席に座って実施してみる。それを間違いないか、右側操縦席からチェックしてもらおうとした。

エンジン・スタートまで滞りなく出来たので、試しに飛ばして見ることにした。シミュレーターのモーション機能を起動し、コクピットを宙にせり上げた。操縦席の前面窓にはCGで三次元の羽田の外景が広がり、六軸の油圧シャフトで疑似運動Gをかけることで、実際の飛行を模擬する。CGの外景を見ながら操縦すると、まるで本当に飛んでいるように感じる。

滑走路34R《ライト》に正対し、二本まとまった推力レバーを一杯に前へ出す。エンジンが尾部についているため騒音はほとんどなく、身体に疑似加速Gがかかる。スルスルと加速する。たちまち浮揚速度の一三〇ノットに達する。操縦桿を引き起こす。MD87の離陸上昇性能は、若い技術部員が自慢して見せたとおり素晴らしいものだった。速度を維持したまま引き起こすと、ピッチ姿勢は二五度にもなり、目の前には青空しか見えない。

「凄《すご》いな」

「凄いでしょう」

「加速してみよう」

私は素直に感心して、このMD87のマニューバビリティー（運動性）を試してみることにした。機首を下げてアンロード、離陸位置に出していたフラップを上げると、速度計の針（計器はF15Jと同じアナログ式だ）が赤い領域の手前に達するまで加速した。速度エネルギーの溜《た》まり方は、操縦桿の手応えで分かる。高度三〇〇〇フィート。最大推力のまま、濃い空気の手応えを感じながら、操縦桿をわずかに引き、左へ大きく切ると同時に右ラダーを踏み込んだ。目の前の景色がグルッ、と回転する。

エルロン・ロール。一回転に四秒。これはいい――戦闘機並みだ。

MD87は、推力／重量比が大きいだけでなく、エンジンが尾部胴体についているため主翼がクリーンで、ロール系の運動性に優れている。フルに舵角を取ると、面白いように追従してクルクルと廻る。戦闘機に長年乗っていると、操縦の手応えで、だいたいその時に持っている速度エネルギーで主翼にどれだけの仕事をさせられるか、感覚で摑める。

さらに操縦桿を引き急上昇反転、背面から順面に戻し、急降下して限界近くまで速度をつけて引き起こす――ぎしぎしっ、とシミュレーターが激しく震動し、視界が下向きに吹っ飛ぶように流れ、天地が逆さになる。一瞬ふわっ、と舵《かじ》に手応えがなくなる。ここが運動性能の限界点か……。だが次の瞬間、逆さまの天地は下向きに流れて反対側の水平線が頭上から降りて来る。速度が戻る。宙返りをさせても、完全に操縦不能にはならない。

「よし」

ぎしぎしっ、ときしみながら水平に戻る。さらに、一通りの機動を試し、コントロールの勘を摑んだ。納得して水平飛行に戻すと、横で技術部員が蒼《あお》い顔をしていた。心配になってシミュレーターをいったん地上へ降ろした。

「おい、どうしたんだ」

シミュレーターのドアが開くと、跳ね上げブリッジの上に鍛治光太郎が来ていた。

「少し、気分が悪いようです」

私は、吐きそうにしている若者を鍛治と共に抱えて外へ出すと、通路のベンチに寝かせた。

「お前、何をしたんだ」

「別に。通常の慣らし飛行です」

「このシミュレーターも、いずれどこかへ売るんだ」鍛治は設備を見回して言った。「壊すなよ」

4

夕方五時。

シミュレーターで、鍛治光太郎と共に数時間の操縦訓練を終え、私は訓練棟を出た。

MD87旅客機は、機長と副操縦士の二名乗務だ。F15戦闘機のように一人のパイロットで飛ばすものではない。機体の運用もナビゲーションも、二名のクルーで連係を取る必要がある。

航空自衛隊時代は、飛行班長である鍛治の長機に、私が列機として追従し飛んだ。

左右の操縦席につき、今度は振り回すのでなく通常の飛行方式によるフライトを一時間も飛ぶと、昔の連係の息が戻ってきた。今回は私が機長席でリードを取る立場だが、次にして欲しい操作は分かってくれ、私の指示が抜けかけると、すかさず指摘してくれる。

「さすがだな」

フォト・リーディングで覚えた手順は最小限のものだが、それでも何とか通常の航行のオペレーションは出来た。計器出発方式による離陸から上昇、そして計器進入方式による滑走路への進入、不測の事態が起きて着陸出来ない場合のゴー・アラウンドなど一連の科目を練習して滑走路34Rへ機を降ろすと、鍛治が笑って私の肩を叩いた。

「着陸も申し分ない。一年のブランクは感じさせない。このミッションが済んだら、運航へ廻らないか」

「――――」

私は、サングラスを掛けたまま頭を振った。

「飛ぶのは、今回だけにしておきます」

アンジュ保育園は、羽田の第二ターミナル内にあり、空港勤務者向けの保育施設だ。

スーツに着替え、エスカレーターを上がって三階のフロアへ出る。レストランや店舗の並ぶ通路を一番奥まで行くと、こんなところに保育施設があるのか？　と思うような地味な目立たない扉がある。壁にインターフォンがついている。呼出しボタンを押し、天井の監視カメラへ顔を向けて身分証をかざして見せると、扉を開けてもらえる。

「あ、瀬名君」

施設内に入ると、入口の地味さとは正反対に、駐機場を見下ろすガラス張りのフロアは明るい。遠く夕日の下に富士山のシルエットが見えている。

鍛治英恵《はなえ》は、先に来ていた。私を見ると、昔のように『瀬名君』と呼んだ。

「困ってるの。わたしとじゃ、帰らないって言うのよ」

夜会巻き、というのか。髪をアップにしたスーツ姿の女性――四十歳くらいだ。首から写真付きの身分証を下げている。旧姓は森口《もりぐち》という。鍛治光太郎と空自時代につき合っていた頃は、大手航空会社の客室乗務員だったが、現在はその会社で管理職になっているらしい（確か調達部長と言っていた）。

「真珠」

私は、エプロン姿の保育士の女性の脚にしがみついている娘を呼んだ。

「驚かせて、すまない。今夜はこちらの、鍛治のおばちゃんのところに泊まるんだ」

「おばちゃんのこと、覚えてるでしょう真珠ちゃん？　去年うちでクリスマスをしたわよね」

だが

「…………」

黒髪を三つ編みに結んだ娘は、上目遣いにきっ、と私を見た。そして横の鍛治英恵をちらと見ると、保育士の陰に隠れた。

私は、息をついた。

やはり覚えているのか。

「真珠は父親の葬儀の時に、あなたを見ている」私は小声で英恵に言った。「だから思い出して、怖がるんです」

「矢島さんの？　でも三年も――」

「あの時は一歳半でしたが。覚えているんですよ。去年の暮れも、実は怖がってた」

「そうなの」

「すみません」

私は英恵にわびると、娘を呼んだ。

「真珠、来なさい」

真珠は私に抱っこされ、保育所を出た。

店舗の並ぶ通路へ出ても、小さな身体は細かく震えている。

昼間の様子を聞いても、保育士は『特に変わったことはありません』と言う。やはり、鍛治英恵の訪問と、私の顔を見て何か感じ取ったか。

「真珠。パパはな、今夜特別な仕事に行くんだ」

通路に娘を下ろして、言い聞かせた。

「だから――」

一緒に出て来てくれた英恵を指そうとするが
プイ、と娘は横を向く。

気にいらないと、頑として言うことを聞かないことがときどきある。

鍛治英恵の方を、見ようとしない。

困った……。

無理にでも、英恵に預けて行かなくてはならないか。

夜半の出発に向け、機体を駐機場へ引き出して燃料の注入を始めなければならない。

と。ふいに娘は涙を溜《た》めた目を見開き、一方を見た。

言い聞かせようとする私の手を振り解《ほど》き、走った。

(……⁉)

驚いて目で追うと、フロアの向こうにいたパンツスーツの女性の脚に、飛びつくようにしがみつく。

何だ……？

驚いて目を上げると、ポニーテールに髪を結んだ女性警察官が、向こうも驚いた顔で見返して来た。真珠は彼女の膝の辺りに、両腕で抱きついてしがみついているのだった。

「あ」

私は鍛治英恵に「すみません」と断ると、今朝も顔を合わせた女性警官に歩み寄った。向こうもこちらを見る。まだ警らをしているのだろうか、今朝と同じ服装にショルダーバッグ。三つ編みの少女にしがみつかれ、困った表情だ。

二十代。化粧気はないが、美形だ。

「申し訳ない」

「――い、いいえ」

ポニーテールの女性警官は、頭を振った。

「わたしに、なついたみたいです」

「真珠」

私は小さな肩に手をかけ、摑もうとするが。

娘はそうさせまいと、さらにパンツスーツの膝にしがみつく。

「いい加減にしなさい」

「帰ろうとしないのですか」

「実は、今夜は知り合いの家に預けるんだが」

「仕事？」

私は、女性警官に見返され、目を伏せた。切れ長の、まっすぐな目をしている。その視線は、まるで真珠に代わって私を責めているかのようだ。何をしているの。『飛ばない』と決めたのではなかったの……?

「あ、いや」

私は頭を振った。

「ちょっと、やむにやまれぬ用事なんだ」

「そうですか」

「真珠」

私は片膝をつき、パンツスーツの脚にしがみつく娘を引きはがそうとした。

だが娘は、意地でも離れないというように、その膝に両腕でしがみつく。

「真珠、よしなさい」

「いいわ」

女性警官はかがむと、幼い娘を両手で抱えるようにした。真珠は、飛びつくように抱きつく。まるで怖いものから逃げ、保護を求めるかのようだ。

「お姉ちゃんと行こうか。真珠ちゃん」

(……!?)

私は、耳を疑った。

今、彼女は何と言った。

だが

「お姉ちゃんと泊まる？」

女性警官が訊くと、三つ編みの娘はしがみついたまま、強くうなずく。

何を言っている……!?

「真珠」

私は娘を受け取ろうと手を差し出すが

「瀬名さん、ですね」

女性警官は真珠を抱いてしがみつかせたまま、私を見た。

「良かったら、今夜一晩、預かります」

「？」

「今朝は、あなたを人さらいじゃないかと疑って、つけたわ。大変な境遇の人だとは知らなくて」

「…………」

「だから、おわびです。わたし実家から通っているの。母もいるし、姪《めい》がときどき泊まりに来るから、慣れています。こういうこと」

「しかし」

「公安の任務」

「え」

「しっかり、果たして下さい」

絶句する私に、彼女は真珠を抱きつかせたまま、ポケットから何か取り出して差し出した。

受け取ると、名刺だ。

『八神透子《やがみとうこ》』

東京空港警察署生活安全課防犯係、巡査部長――

「明日の朝、アンジュ保育所へお戻ししておきます。何かあったら、わたしの携帯に」

5

三時間後。

日の暮れた第二格納庫前の駐機場は、人の気配でざわついていた。

訓練棟の施設で〈目的地〉までの飛行計画と、燃料の計算を終えた私は、鍛治とともに駐機場へ降りた。フライトへは自分の飛行服で行こうとしたのだが、建物を出る前、鍛治に半ば無理やり着替えさせられた。

「うちの会社の機長の制服を用意させた。着替えろ」

「いえ、私はこれで」

「そのなりで『自衛隊員が来た』とか、向こうで思われたら困るんだ」

それも、一理あった。

ウイングマークや、部隊マークのワッペンは外し取ってある。ただ飛行服の左肩の部分に、英文字のネームの刺繍《ししゅう》が残っている。『RAVEN』。

私は控室のテーブルの上に置かれていたカッターシャツの制服に着替えた。四本の金線が肩に入っている。胸には空自とは違う意匠のウイングマーク。ネクタイを締める。

飛行服は、控室のロッカーに預け、愛用のサングラスは胸ポケットに差した。もうひとつ、夕方もらったばかりの一枚の名刺も胸ポケットに入れる。


（――――）


結局、真珠は。

あの八神透子に預かってもらうことにしたのだった。

急ぎ出発準備にかからなければならないのを、真珠を英恵に預けるため、抜けたのだ。すぐ戻らなければならなかった。

八神透子は、私に『公安の任務を果たしてください』と言った。

娘を預かってくれる気になったのは。私が今朝、取調べ室で公安警察の幹部に〈仕事〉を依頼され、それを受けたのだと勘違いしたのだろう。そのために夜通し出かけるのに、娘を預けられないで困っている――そう見たのか。

あの場で、詳しく話して説明する暇もなかった。私は、有り難く申し出に甘えることにした。万一、明朝戻れなければ、鍛治英恵が保育所まで迎えに行き、そのまま真珠を引き取ってくれるだろう……。

「燃料は、計算した通りだ」

MD87はすでに格納庫から引き出され、整備と補給を受けていた。

なぜか駐機場の照明塔は点灯していない。格納庫の扉からの明かりと、整備員たちの使う手持ちライトの細い光線で、うっすらT字尾翼のシルエットが浮かび上がる。

「満載で行きたいのは山々だが」鍛治が主翼前につけた燃料トラックを指して言う。「開城の滑走路が八〇〇メートルしかない。着陸して止まりきるため、重量は制限される。ぎりぎりの量だ」

「――――」

私はうなずく。

ついさっき、一緒に計算をしたばかりだ。

積んで行く燃料は、概算で四時間飛べる分量だ。だが開城までは偏西風の向かい風のデータが正しいとして、二時間二十分かかる。つまり羽田へ戻ってくることは出来ない。開城工業団地で恩田会長の一行を乗せたら、九州か山陰のどこかの飛行場へ、緊急着陸を要請して降りる。最初から、そういうプランだ。島根県の美保の海岸には空自のC1輸送機の部隊の根拠地があり、二十四時間使える滑走路がある。腹案として、そこへ向かうことをイメージしていた。

駐機場の照明塔を使わないのは。

この機の出発を、なるべく目立たせたくないのか――

私は鍛治の意図を推測した。

微《かす》かな明かりに浮かびあがる、垂直尾翼のロゴマーク。空を貫く矢のデザインは、鍛治が自ら「英国航空のスピードバードをパクった」と冗談で言うシャープなものだ。

とうに退役したはずのスカイアロー航空のＭＤ87が出発準備をしていれば、部外の人々の目を引くだろう。

（それにしても）

整備士の数が、多いな……。

長く伸びた機首へ近づきながら、私は異和感を持った。長く飛ばしていなかった機体を離陸させるのだから、整備と点検は入念に行なうだろう。でも、そうだとしても後部胴体の下にまで数人の人影が取りついて、脚立を立て、手持ちライトで照らしながら何か作業している。

「あれは、尾部搭乗タラップを点検しているんだ」

私の視線に気づいたか、横で鍛治が言った。

「ダグラスのこのシリーズの機体には、胴体尾部に収納式タラップがついている。Ｔ字尾翼機の特性を生かして、機体へ乗り込む階段を自前で持っているんだ」

「――はい」

「開城では、地上施設の支援は期待できない。おそらくエンジンを切ることなく、視察団の一行を収容したら飛び上がる。そのために、非常に有効な装備だ」

鍛冶の言うとおり。

やがて脚立が外されると、作業服を着た人影が囲んで見上げる中、尾部搭乗タラップがゆっくりと下がってくる。機体尾部の下面が縦長に切れ、内側に階段を内蔵したタラップとして地面へ降りる仕組みだ。

タラップが地面へ着くと、駐機場の一方から、一群の人影が列をなしてやって来た。暗色のバンが二台、フィールドの端に停《と》まっている。あそこで待機していたのか……？　列は階段を上がって乗り込んでいく。

（……何だ？）

私は足を止め、タラップを上がって行く群れを見た。

あの連中……。

思わず、眉をひそめた。スーツ姿の一群だが。そのシルエットと歩き方――

十一人。習慣的に、人数と、手持ちの荷物をさっと目で把握する。

「あれが開城まで迎えに行くスタッフだ」

私の視線に気づき、鍛治は言う。

「恩田自動車の社員たちだよ」

「鍛治さん」

私は頭を振った。

鍛治は、何を言っている。

匂いで、すぐ分かる。尾部搭乗タラップを上がって行く連中は私と同類だ。

「隠すのは、やめてくれませんか」

「ん」

「あの連中」

私は顎で指し、声を低めた。

「あいつらは陸自のレンジャーだ。精鋭です」

スーツの群れは、火器は所持していないようだ。シルエットの動作はスムーズで、軽い――普通の人の目には、少し体格のよいビジネスマンの一群に見えるかもしれない。だがあれらは一人ひとりが、その辺りの手近な物を何でも凶器に変えてしまう。自分がそうだから分かる。殺人機械のような連中だ。

「お前には隠しておけないな」

鍛治は息をついた。

「彼らは、何かあったときに我々を護《まも》る。そのために同行する」

「？」

「機内で説明しよう。来てくれ」

鍛治は先に立って歩いた。

流線形の機首の左側につけられたタラップを登り、エントリー・ドアへ消える。私も鍛治に続いて登り、ＭＤ87の機内へ入った。

（……⁉）

足を踏み入れた瞬間、驚いた。

照明のつけられた機内。一本の通路が奥まで伸びる空間で待ち受けていたのは、縁なし眼鏡の男だった。

今朝、東京空港警察署でさしむかいに座った。

「瀬名一輝君。任務ご苦労だ」

「――――」

私は絶句する。

フランス人の陸軍将校を想起させる、普通の日本人とは違う空気をまとった男――どうしてここにいる。

「私もフライトに同乗したいのだが。向こうに面が割れていてね。今回は見送りだ」

「どうしてあんたが」

「ここにいる、かね？」

「――」

「自己紹介がまだだったな」

縁なしの男は、胸ポケットからＩＤらしき物を取り出し、表を向けてちらと見せた。

間合いが一メートル半あっても、小さな字は読み取れる。

ただ、これは何と読む？

「警察庁警備局、萬田路人《まんだろと》だ」男は名乗った。「そう、ロトと読むんだ。君たちが一般に呼ぶ『公安』というのは俗称でね。加えて、今は私はＮＳＣ――内閣府の国家安全保障局へ出向している。情報班長というポストだ。もちろん、名刺なんか作ってない」

「――」

私は、横の鍛治を見た。

空自の先輩は『まぁ話を聞け』というように、目で促す。

鍛治さんは、こいつとつるんでいる……？

どういうことなんだ。

だが

「瀬名一輝。一九XX年二月六日生まれ。防衛大学校五〇期生。卒業後は航空自衛隊に任官し、飛行幹部候補生課程でウイングマークを取得。要撃戦闘機F15のパイロットとして第六航空団に勤務する。防衛大、飛行幹部候補生時代を通して成績は極めて優秀。飛行隊でもトップクラスの技量を示していた。それだけでなく、陸上自衛隊の幹部レンジャー課程に希望して参加、脱落者の多い過酷な訓練を修了し、陸戦のプロとしてレンジャー・バッジも取得している。人は君をこう呼んだ。レイヴン。二つのバッジをくわえた烏《カラス》」

萬田と名乗った男は、何も見ずに暗誦《あんしょう》するように言った。

私の経歴を口にする、その縁なし眼鏡に天井の照明が映り込む。表情は見えない。

「レイヴン——大烏か。なぜ鷲や鷹《たか》ではなくて、君は烏なのかね？」

「レイヴンはTACネームだ」

私は頭を振る。

「空自のパイロット個人個人に、割り振られるコールサインだ。深い意味はない」

「君に似合ってはいるが」

萬田は、唇の端を歪《ゆが》めるようにした。笑ったのか……？

「瀬名君。初めて打ち明けるが。実は我々の『監視対象』には、極左暴力組織やテロ集団、外国工作員のほかに自衛官も含まれている」

「？」

「怪訝《けげん》な顔をするな。考えてみたまえ。日本の国防の最前線で高性能の戦闘機を操り、国の機密にも触れる。そういう人間が、陸自の訓練にも志願して参加し、陸戦ノウハウの極みであるレンジャーの資格も取る。これは外国工作員が熱心に日本の国防の情報を集めているのか、あるいは熱心な愛国者が使命に燃えているのか。さてどちらだろう……？」

「………」

「つまり君は、ずっと前から我々にマークされていた。あの〈事件〉がもとで空自を去ることになる、ずっと前からね」

「……何だって」

この男、何を言う。

だが睨みつける私の視線も意に介さず、萬田という男は続ける。

「空自を去って一年間。君は浪人の身で幼子を連れ、質素堅実に暮らしている。監視し続けていても、外国工作員などと接触する気配は摑めない。どうやら任務に熱心な真面目な自衛官が、真面目なゆえに問題を起こしてF15を降りた、それだけだったらしい――防衛省はもったいないことをした。利用価値のある優秀な男なのに」

「――――」

「ならば、我々で使おう。おっと、そう怒るな。国のために働きたいという気持ちはあるのだろ」

「――日本のためには。正直、戦ってもいい。今でもそうしたい。だが馬鹿な政府の連中の、コマになるつもりはない。ああいうやつらの」

言いかけて、言葉を呑み込む。

つられて話すと、激昂《げきこう》しそうだ。

こいつは、人を操るのに長《た》けた人間だろう——公安の幹部ならそうに決まっている。

「ならば。瀬名君、正直な話をしよう。今夜、君がこれから飛ぶ〈救出ミッション〉の真の目的だ」

私は。

この男に、これまで監視されていたというのか。

本当なのか。

F15での空戦訓練、そしてレンジャー課程での陸戦訓練——ともに、どこかから隠れて自分を見る目があれば素早く察知し、反撃の構えを取る。取れるようにする。そのスキルを身につけるのが目的のトレーニングだった。

自分は、その道でプロになった、少なくとも世界に出てどんな敵と相対しても、空でも陸でも簡単に負けはしない——そのような自負を持っていた。その俺が、何年も監視されていて、気づけなかった……？　本当なのか。

「開城工業団地に、日本企業の視察団が入っていて、北の唐突な核実験に起因する緊張によって軟禁状態となり帰国できなくなった。これは事実だ」

戸惑う私に、萬田路人は話し始めた。

「恩田啓一郎氏が団長だというのも事実。彼は我々とも、実は繋がりの深い人物だ」

「……？」

財界の大物が、公安警察と……？

そういうことも、あるのかもしれない。私は関知しない世界のことだ。

だが
「本当に『救出』したいのは、恩田啓一郎氏ではない」

男は言葉を続けた。

「見て欲しい」

萬田路人は、上着の懐から一枚の紙を取り出した。

私に向かって示す。写真をプリントアウトしたものか。

人影――スーツ姿の女性の上半身だ。

「……？」

なぜか、その顔に見覚えがある。

誰だ？

「坪内恵利華《えりか》。恩田自動車の役員秘書だ。視察団に同行している。だが正体は、警察庁の外事情報部員であり、内閣府へ出向中の公安のエースだ。私の愛弟子《まなでし》だよ」

「………」

「そして、彼女の妹だ」

萬田が人差し指で指すと。

前部ギャレーのカーテンが揺れた。

振り向くと、機内サービス用のカートを収納するギャレーから、すらりとしたシルエットが音もなく現れた。スカイアロー航空の青い客室乗務員の制服――

「⁉」

あの女だ……。数時間前、社長室で会った。

坪内沙也香。しかしなぜCAの恰好を。

「沙也香は、恵利華とは双子でね。ともに縁あって私の門下生となった。ただでさえ双子の工作員は利用価値が高いうえ、二人とも優秀だ」

女は、スッとまっすぐな姿勢で立つと、私に目礼した。相当、鍛えている……。まるでバレエの名手が立っているようだ。

「優秀ではあるが」

萬田は続けた。

「拷問に耐えるような訓練は、していない」

「？」

「このまま視察団の軟禁が続き、情況が悪化して向こうの軍による『拘束』に変われば。

一行のメンバー一人一人は、厳しく取り調べられる。情報収集のための工作員が紛れ込んでいないか、北は必ず疑って来る。日本国内の組織を通じて、一人一人の背景は調べ上げられるだろう。恵利華の経歴は抹消してあるが、完璧とは限らない。警察庁に採用された記録が出て来れば『なぜ自動車メーカーの役員秘書をしているのか？』と訊かれる。そうなればアウトだ」

「――」

坪内沙也香を見ると。

黙って、目を伏せている。

「日本は」萬田は続ける。「昨年、特定秘密保護法を成立させ、ようやく国を護るインテリジェンス機関を成立させた。つまり我々の組織だ。しかし我々『日本版ＮＳＣ』は国際諜報《ちょうほう》機関としてはまだよちよち歩きだ。経験もノウハウも十分ではない。工作員が外国で捕まって拷問を受けたケースもまだ起きていない」

「――――」

「優秀な工作員といっても、日本に生まれて普通に育った若者だ。身分がばれ、朝鮮式の拷問を加えられた時に」

横で沙也香がぴく、と身じろぎする気配がした。

双子の、妹……。

写真に『見覚え』があるわけだ――

「これに、耐え抜ける保証はない。恵利華を通して、北朝鮮国内の我々の協力者、我々が日本国内に確保している北側の協力者、そして北へ潜入している他の情報工作員についての情報が漏れると大変なことになる。情報工作員はたぶん、全員殺される」

「――工作員の、救出……」

「そうだ瀬名君」

萬田はうなずいた。

「これから開城へ飛んで行き、役員たちと共に坪内恵利華を連れ戻してくれ。情況は刻々と悪化している。外交ルートを通じて取りつけた飛行許可も、いつ反古《ほご》にされるか」

「………」

私は、ちらと沙也香を見た。

うつむき、無表情だ。

「沙也香は、献身的にも万一の際には恵利華を自分の手で始末する、と申し出てくれている。そのような事態にならないことを望むが」

そこへ
「瀬名一尉ですか」

横から声がした。

目をやると、萬田の背後にダークスーツの男が立っている。短髪。奥まった目。

「第一空挺団、片岡《かたおか》二尉です。お噂はかねがね」

「――元一尉だ」

私も『片岡』と名乗った男も、最初の言葉を交わす数秒でお互いの体格・服装を素早くチェックし合った。

得物は、何も所持していないか……。当然か。向こうで軍の係官が機内に乗り込んで来て、ボディー・チェックをされるかも知れない。それに、この男ならば、いざと言う時には手近の物品を何でも武器に変えるだろう――

「ふん」

片岡二尉は、片方の眉を上げるようにした。

「退役されても、鍛錬は欠かされていない。ご立派です」

陸自の連中には、私はあまり快く思われていない。航空自衛隊のパイロットの物好きがレンジャー・バッジを取りに来た……。

自衛隊には、『箔《はく》』をつけたいだけの目的で、レンジャー課程に飛び入りする畑違いの幹部が時折いる。私もその一人と見られている。

そういう者は、たとえ訓練を修了出来ても、普通の暮らしに戻った途端に身につけたスキルもなくしてしまう。

どのくらい鍛えているか、節制しているかは、服の上から相手の体格を一瞥《いちべつ》すれば分かる。私はすでに普通の生活に入っていたが、片岡二尉のプロの目で見て「ふん」と言わせるだけのものはあったか。

「瀬名君」

萬田が言った。

「彼らは、君たちの護衛という意味もあるが、今回は『慣らし』に行くのだ」

「？」

慣らし……？

どういう意味だ。

「つまり」

萬田は自分の背後に立つレンジャー・チームのリーダーを指して
「北とは、どういうところなのか。どんな土地なのか。まず実際に行って、空気に触れてみる。景色を見てみる。そこから始めるんだ」

「どういうことだ」

「君は憲法九条の、終わりの文を憶《おぼ》えているかね」

「？」

九条の、終わり……？

「知っての通り」萬田は続けた。「わが国は占領軍の作った『平和憲法』のせいで、武力を背景にしたまともな外交が一切出来ない。他国と交渉する時に、使えるカードは『お金をあげます』だけだ。いざとなったら武力衝突も辞さないぞ、というカードを初めから持っていない」

萬田は私と横に立つ坪内沙也香、そして背後の片岡をちらと見回した。

「これでよく、国際社会でまともに生きて行ける……。例えば対北朝鮮だ。あの国から、非合法に拉致された国民を取り戻す交渉でも、わが国は結局『お金をあげますから返して下さい』しか言えない。せいぜいが『返さないと贅沢品《ぜいたくひん》を渡さないぞ』くらいだ。これでは相手国からばかにされ、交渉が進展するわけがない。だが思い出して欲しい。九条の終わりには何と書いてある？　国の交戦権はこれを認めない、とある。我々はここに着目した。国民を救出する活動は『交戦』には当たらないのではないか。それは救出であって、交戦ではない」

「………」

「ならば。交戦でないのなら、拉致された国民を救出するため、自衛隊の部隊を相手国へ突入させることは、憲法違反に当たらない。むろん、わが国は民主主義だ。国民の理解を得なければ実行出来ない。皆のコンセンサスを得るのには時間を要するだろう。だが我々は、その準備に取りかかった」

「自衛隊による、救出……？」

「そうだ」

萬田はうなずく。

「その研究に、取りかかっている。以前ならば、公安警察と自衛隊が協調して何かに当たる、ということは無かった。警察と自衛隊は元から仲が悪い。警察は『日本を仕切っているのは自分たちだ』と思い、片や自衛隊は『いざというとき警察に何が出来る』――互いに長い間、そう思って来た。だがＮＳＣが創立されてから情況は変わった。国家安全保障局では、警察庁と防衛省の幹部が協力してことに当たる。今回のようにね。

こうして我々が、実力行使で国民を取り戻す準備を始めた、という事実だけでもいずれ大きな交渉カードとなる。相手へのプレッシャーとなる。外交交渉力とはそういうものだ。そうじゃないかね瀬名君」

萬田は、ひとしきり自説をぶつと「よろしく頼む」と私の肩を叩こうとし、私に睨まれ手を止めた。

「そう睨むな」

「――今回、開城へは行く」私は言い返した。「日本のためには働く。しかしあんたたち官僚の、コマになるつもりはない」

「いいだろう」

萬田路人は、唇の端を歪めた。

「下で、見送らせてもらおう」

6

『スカイアロー〇〇九、クリア・トゥ・ノーストレーニングエリア、バイア・プルート・

ワン・ディパーチャー。メインテイン・フライトレベル・ワン・ファイブ・ゼロ』

十五分後。

出発準備が完了し、すべてのドアがクローズされると、私はコクピットで左側操縦席につきエンジン始動の準備にかかった。すべてのスイッチ類のセットアップを済ませ、無線で管制機関に出発クリアランス（管制承認）を要求する。

提出した飛行計画では、日本海の訓練空域まで計器飛行方式で飛行し、そのあと空域内で一連のテスト・ミッションを行なうことになっている。

申請高度は一五〇〇〇フィート。

東京コントロールの航空路監視レーダーには、常に位置を把握されながらのフライトになる。しかし鍛治の話では『訓練空域の西端ではレーダー覆域を外れるので、勝手に日本海を横断して朝鮮半島へ向かってもばれない』と言うのだが……。

このミッションについて知るのは、政府の高位にある者たちだけだ。国土交通省の末端の管制官などが知るわけもない。一方、行き先の北朝鮮の防空レーダーは、政府間で話がついているから、領空へ入れてくれるという。

「万景峰号の入港一回とバーターなんだ。向こうだって、早く来て欲しいさ」

受領したクリアランスを無線に復唱して、鍛治は言う。

「俺たちは歓迎されるよ」

「そう願いたいです」

私は、承認されたルートの通りにフライト《Ｆ》マネージメント《Ｍ》・コンピュータ《Ｃ》が入力されているかどうか、再度ＣＤＵ（小型液晶画面を備えたディスプレー・ユニット）のキーボードを操作して確かめた。ＭＤ87のＦＭＣは『後付け』なので、航路の三次元計算はしてくれるが、操縦席の計器類はアナログ式のままだ。液晶画面の中に機の姿勢と高度・速度をコンパクトに集約して表示するプライマリー・フライトディスプレーも、自機の現在位置をカラーのマップで表示してくれるナビゲーション・ディスプレーもない。パイロットは円型の姿勢儀、速度計、高度計を見て機を飛ばす。自分の位置は、ＶＯＲ（方向測定装置）の針の指示と、ＤＭＥ（距離測定装置）の距離表示で把握する。ＦＭＣの計算結果は、ただ姿勢儀の表面に縦と横の二本のクロス・バーとなって現れるだけだ。パイロットは頭の中にもう一枚、仮想の地図を描かなければならない。

だが私にはかえって、親しみが涌《わ》く。乗っていたＦ15Ｊ戦闘機が、同じようなアナログ計器だったからだ。

ただ、半袖のシャツ一枚で操縦席に座るのは異和感を覚えた。これまでに乗った航空機の操縦席は、パイロットの身体を縛り付けるものだった。腰を締めつけるＧスーツもなければ、酸素マスクも、ヘルメットもつけなくてよい（旅客機にも酸素マスクは備わっているが、与圧が抜けた時のための非常用だ）。おまけに左右に二名のパイロットが着席するサイド・バイ・サイド配置のコクピットは、何だかすごく飛行機の『横にいる』感じがする。タンデム式の小型機では、自分の身体の中心線が機体の中心線だった。

だが上半身を自由に回せるのは、楽でいい。左脇のカップホルダーにコーヒーが置けるのも気に入った。武者が鎧《よろい》もつけず戦場へ赴くような気分だったが、戦闘機パイロットを引退した身には、こちらの環境の方が、慣れれば楽でいい。

「ここで見学してもいいかしら」

背中で、低い女の声がした。

坪内沙也香は、あまりしゃべらないが、その身につけた制服の通りに客室乗務員の役をこなしていた。ギャレーの設備を使ってポットにコーヒーをいれ、紙コップに注いで持って来てくれた。CA向けのマニュアルを読んで覚えたのか、つい数分前に左側前方ドアをクローズして、非常の際に脱出スライドが働くようセッティングしたのも彼女だった（尾部乗降タラップは、恩田自動車社員に扮《ふん》したレンジャー隊員たちが操作してクローズさせた）。

沙也香は、操縦席の真後ろに設置された折り畳み式のオブザーブ・シートに座ってもいいか、と訊いて来た。

「離陸の様子が見たいわ」

「かまわないが」

私は重量計算表に従い、水平尾翼のスタビライザーの角度を操縦桿のトリム・スイッチでセッティングしながらうなずく。

「その代わり、髪に隠しているその凶器は外せ」

「俺が万一、変な真似《まね》をしたら首筋を刺せ、そう命じられているんだろ。そういう姿勢で背後にいられると、落ち着かない」

「?」

「おい」

鍛治が驚いたように、機長席の私と、沙也香を見る。

沙也香は表情を変えず（振り向いて見なくても分かる）、アップに巻き上げた髪の中から、細長い針のような物を引き抜いた。

「これは、あなたを刺すためだけじゃない」

「万一の場合、本当に双子の妹を『始末』するつもりなのか?」私は標準計器出発方式に合わせ、機首方位と高度のダイヤルを回してセットしながら言う。「妹さんと仲が悪いなら別だが。組織のために、そこまですることはない。もしそんなことをしたら、一生寝覚めが悪いぞ」

「――――」

女は答えず、針を髪に戻そうとするが
「捨てるんだ」

私は振り向いて言う。

「いいか。夜間でも鳥は飛んでいる。離陸滑走中にもしエンジンに吸い込んだら、緊急停止をやる。急停止のマイナスGと横Gがかかる。構えていたって上半身を激しく振られる、そんな物を髪に入れていたら自分の頭を刺す。捨てろ」

「――――」

坪内沙也香は大きな目で私を睨むようにするが、髪に戻しかけた五センチはある長い針（毒針か）を、コクピット専用のダストボックスへ投げ捨てた。

「それでいい」


「あぁ、少し待ってくれ」

エンジン・スタートの手順に移ろうとすると、鍛治が言った。

「後部貨物室に一つ、積み込む物がある」

「？」

見ると、頭上計器パネルでオレンジの警告灯が一つ、点灯する。『AFT　CGO』の表示。後部貨物室扉が、地上係員の操作でオープンさせられた……？

予定に無い。

「最後に貨物コンテナを一つ、積み込む。向こうの責任者に渡す酒や煙草《タバコ》、ちょっとした贅沢品だ。大した重量じゃない」

「大した――って言われますが」

貨物コンテナを一つ……？

さっきの十一人は『出迎えスタッフ』として予定の重量計算に入っている。しかし貨物コンテナを載せるとは聞いていない。

開城の滑走路はわずか八〇〇メートルだ。重量が増せば、止まり切れない。

だが
「大丈夫だ」鍛冶は言う。「重量は、問題なくなる。上空へ上がってから話す」

「鍛冶さん」

世話になった恩人ではある。

しかし私に対してまだ何か、隠しているのか。

「私は」

「お前の言いたいことは分かる。ただ、説明すると長くなり過ぎるだけだ。大丈夫、コンテナは、帰途には視察団の持ち込んだ製品サンプルを積んで帰るのに要るんだ」

「――――」

私と鍛冶が短く言い合うのを、すぐ背後のオブザーブ席で坪内沙也香は黙って聞いている。

貨物コンテナは、素早く積み込まれたのか、頭上パネルの警告灯はすぐ消灯した。

「よし、行こう瀬名」

「――――」

「頼む」鍛冶は言った。「疑問に思うことは多いだろうが、このミッションは日本のためになる。力を貸してくれ」

その目を見返した。

かつて、航空自衛隊で共に飛んだ時の目とは違う。微妙に違う――そう感じた。

何だろう。

だが、鍛治は、危険なフライトにみずから乗り込んで来た。

悪意は無いだろう……。

私は計器パネルへ向き直った。

「では、エンジンかけます」

インターフォンで地上の整備員に『エンジン・スタート』を告げると、左右のエンジンを始動させた。

ＭＤ87は、さすがに二基のエンジンが尾部にあるせいか、中央計器パネルで左右のエンジンがアイドリングに安定しても排気音はほとんど聞こえない。コンプレッサーから高圧空気を抽出し、空調システムが動き出すと、そのエアの噴き出す音の方がうるさいくらいだ。

「インターフォン、ディスコネクト。行って来る」

鍛治が地上整備員に告げると
『社長、ご無事で。お願いします』

機首の右下にいた整備員が、有線インターフォンを外す際に挨拶した。

一般の社員たちには、この機体を香港のチャーター会社へ売るためのデモ飛行を、社長みずからがトップ・セールスとして行う——そう知らせてある。一八億を調達しないと、スカイアロー航空はつぶれてしまう。見送る整備士の声にも熱がこもっている。

『スカイアロー〇〇九、タクシー・トゥ・ホールディングポイント、ランウェイ34R』

東京グランド・コントロールから地上滑走の許可を得た。

鍛治が無線に復唱（管制との交信は副操縦士の役目）した。私は親指を立てて『了解』の意を示すと、滑走路34Rへ向かうべくラダー・ペダルを両足で踏み込み、パーキング・ブレーキを外す。

ぐん、とつんのめるような勢いでMD87の機体は前進を始める。夜の空港の風景が動き出す。アイドリング推力でもスルスルと速度がつく。推力／重量比がC1輸送機の一・五倍——技術部員の自慢するような声を思い出す。

左手でステアリング・ハンドルを回し、前輪を黄色いセンターラインに乗せて左へ旋回。滑走路へ続く誘導路——タクシー・ウェイに進入する。

「ビフォー・テイクオフ・チェックリスト」

私は機を直進させながら、覚えたマニュアルの手順通りに鍛治に離陸前チェックリストを読み上げるようオーダーする。

「フライト・インスツルメント」

「セット・アンド・クロスチェック」

「フラップ」

「ワン・ファイブ、グリーンライト」

「フライト・コントロール」

「チェック」

「スタビライザー・トリム」

「5ユニット」

「ビフォー・テイクオフ・チェックリスト、コンプリーテッド」

「行きます。タワーに離陸の許可を」

「了解だ」

鍛冶は一番VHF無線の周波数を羽田の管制塔――東京タワーに替える。

「東京タワー、スカイアロー〇〇九、レディ・フォー・テイクオフ」

『スカイアロー〇〇九、クリア・フォー・テイクオフ。ウインド、スリーゼロゼロ・ディグリーズ・アット。セブンノット』

風向三〇〇度、風速七ノット、離陸して支障なし――

鍛冶が管制塔の離陸許可を復唱する間に、私はMD87を北西に向いた羽田空港の主滑走路へ進入させ、ステアリング・ハンドルで前輪をセンターラインに乗せると、左手を操縦桿に持ち替える。

「テイクオフ。行きます」

7

「テイクオフ」

離陸の手順は、シミュレーターで練習したばかりだ。

マニュアルに書かれていた通り、機体を滑走路上でいったん停止させると、ブレーキを踏んだままスラスト・レバーを二本まとめて前方へ出す。

背中で双発のエンジン音が増し、中央計器パネルで左右のN1回転計の針が跳ね上がる。

左右とも七〇パーセントに達すると、スラスト・レバー前面についているテイクオフ・スイッチを右の中指で押し込む。

カチ

オート・スロットルの働きでレバーは最前方へ動き、最大推力にセットされる。

背中でエンジン排気音が盛り上がる。音を確かめ、異常が無いと分かると両足で踏んでいたブレーキを放す。途端に身体がシートに押しつけられ、前方の景色が手前へ押し寄せる。

(――!)

走り出した。

これが本物の加速――凄《すご》いじゃないか。

風防ガラスが唸《うな》る。私は左手で操縦桿、右手はスラスト・レバーに添え（何か異常が発生したらただちに推力を切るため）、ラダー・ペダルで軽く走行方向を調整しながらMD87を滑走させた。風が左から吹いている――操縦桿を軽く左。機体の水平を保つ。

「V1」

右席で鍛治が速度をコール。V1速度を超過すると、もう何か起きても滑走路内では止まれない。私は右手をスラスト・レバーから放し、両手で操縦桿を握る。前面視界でセンターライン・ライトが足下へ呑み込まれるように流れ、たちまち浮揚速度に達する。

「VR」

鍛治のコールで、操縦桿を引く。

風防の向こうで、光る滑走路が吹っ飛ぶように下向きに消え、前面視界が夜空だけになる。身体を押しつけるGとともに浮揚の感覚。

「ギア・アップ」

「ギア・アップ」

私がオーダーすると鍛治は復唱し、右側の計器パネルから突き出す着陸脚操作レバーを引いて、上げる。

油圧装置の作動する響きと共に、機体下側から空気抵抗の減る手応えがあり、ゴトン、と床下に何かが当たる音。前輪がコクピットの床下スペースへ格納されたのだ。

身軽になる。機首姿勢をピッチ角二〇度まで上げても、まだ加速する。

『スカイアロー〇〇九、コンタクト・ディパーチャー』

「ラジャー、グッデイ」

管制塔から『出発管制へ通信設定せよ』と指示があり、鍛治が応答した。管制機関との交信は、民間旅客機ではすべて副操縦士の業務だ。

「どうだ。空に戻った気分は」

小さく鍛治が笑う。

「加速して、フラップを上げます」

私は目の前の円型姿勢儀から目を離さず、操縦桿を押して機首をやや下げた。ピッチ角一五度。三〇〇〇フィートまで一気に上昇したら、次に機首をやや下げて二五〇ノットへ加速、離陸位置に出していたフラップを収納するのが手順だ。

一五〇〇〇フィートへ上昇。機首を下げ、水平飛行に入れると、自動操縦をエンゲージした。

巡航に入った。関宿VOR（無線標識）の上空を通過。操縦桿が勝手に左へ動き、機は北西へ進路を取る。航空路へ入っていく。自動操縦装置は、高度をキープするだけでなく、三〇〇ノットの速度を保ちながらFMCで計算した航路を忠実にトレースする。

「満月だな」

鍛治が右側のサイド・ウインドーを見上げて言う。

「雲が無ければ、中央アルプスがきれいに見えるところだ」

「――」

私は、前面風防から見える水平線を、端から端へ素早く目でスキャンした。

蒼白い月光を反射して、眼下は一面の雲海だ。ぼうっと光るような雲の海のすぐ上を、MD87は飛行している。

左脇のカップホルダーから紙コップを取って、一口飲んだ。コーヒーは冷めていたが、旨《うま》いと感じた。

（――）

矢島。

脳裏に、一人の男の面影が浮かび、思わず私は目を閉じた。

唇を噛んだ。

すまない。飛ぶのは、今度だけだ――

飛ぶのは、禁忌《きんき》ではないのです。

不意に、夕方口にした自分の言葉を思い出す。

真珠を女刑事に預かってもらった後。私は鍛治英恵と、別れぎわに話をした。

「社長にはあまり話していませんが――飛ぶのは、実は私にとって禁忌ではないのです。むしろ喜びです。たぶん、今でも」

「では瀬名君、あなたはなぜ地上で書類仕事をしているの?」

「それは――」

肩をつん、と突かれた。

「――!?」

驚いて目を開け、振り向くと。

坪内沙也香が人差し指で、私のシャツの肩をつついたのだった。片方の手に、蓋付き紙コップを載せたトレイ。

「不思議な人。ときどき、隙だらけになる」

青い制服の女は、にこりともしない。

先ほど機が水平飛行に入ると、オブザーブ・シートを立って後方へ行った。ギャレーで新しいコーヒーを注いで来てくれたらしい。

「どうぞ」

「――」

私は息をつき、女の差し出すトレイから紙コップを受け取った。

沙也香は鍛治にもコーヒーを渡すと、コクピットから下がって行った。後ろの客室の出迎えスタッフ――レンジャー隊員たちにも飲み物を出すと言う。

　坪内沙也香の後ろ姿を見送り、鍛治がつぶやいた。

「……女スパイ、か」

「日本にも、いるんだな」

「鍛治さん」

　私は、自動操縦で時折わずかに動く操縦桿を監視しながら、訊いた。

「彼女の雇い主と、知り合いなんですか」

「雇い主？」

「萬田という」

「――まぁ、な」

　鍛治も前方を見やりながら、うなずく。

　あの萬田という男に対する、鍛治の態度――

　以前から知っている同士ではないのか。

　最初の話では、恩田自動車は会長をはじめとする幹部たちを救出するため、まず大手の航空各社へチャーター機の運行を打診したという。しかしそれは嘘《うそ》だったのではないか。実は初めから、スカイアロー航空のこの機を使用する手はずになっていたのではないか。

　一八億の負債というのも、本当なのか。

　だが
「いいか瀬名」

鍛治はつぶやくように言った。

「世の中で、何か事を成し遂げようとすれば他人の世話にならずにはいられない。しかし他人に何か求めれば、他人から操作されてしまう」

「……?」

私は眉をひそめた。

信頼していた先輩だが――何を言うのだろう。

鍛治は続ける。

「それが、この世の原理というものだ。俺が会社を立ち上げる時、国の世話になった。新興航空会社を認可し育成しようというのは、国の方針だが、決めてくれたのは官僚であり政治家だ」

「……」

「お前は、あまり聞きたくないだろう。こんな話」

鍛治は紙コップのコーヒーを呑んだ。

「矢島を」

「?」

「あいつを、あんなふうにさせてしまった原因は官僚組織にある。だが一方、わが国を護るため昔から活動して来た人々もいる。軍は抑止力として存在しなければならないが、平時において実力を行使することは出来ない。平時に陰で実力行使するのは、彼らだ。彼らの多くもまた官僚だ」

私は、鍛治の横顔を見た。

目尻の皺《しわ》。一見、笑い皺のように見える。しかし、航空自衛隊で一緒に飛んでいた時代には彼の顔にそんなものはなかった。

「あの国、どうなるんだろうな」

「あの国？」

「北朝鮮だ。これから行く」鍛治は顎で前方を指す。「瀬名。訊くが、あの国の国家予算

は年間いくらか知っているか」

「国家予算？」

「そうだ」

何の話をするのだろう。

「――確か」

私は、自衛隊幹部時代の記憶を探った。

「五七億ドル、という数字を聞いたことがあります」

「日本円に直して、およそ六〇〇〇億か」

「はい」

「それは違うな」鍛治は頭を振る。「実勢レートではもっと遥《はる》かに小さい。実際は一八〇

億だ。ドルじゃない、円でだ」

「……!?」

鍛治は、何を話題にするのか。

北朝鮮の国家予算……? たった一八〇億円……?

「一八〇億といえば、和歌山県の住民税収入の三分の一くらいだ。人件費が恐ろしく安いとは言え、実勢レートに直すとそれしか金がないのに、あの国は核兵器や大陸間弾道ミサイルの開発をやっている。テポドンを一回打ち上げると一年分の国家予算が飛ぶ」

「…………」

「弾道ミサイル開発には、資金を出してくれる国もあるらしい。中東の方にな。それでも最近はわが国が万景峰号の入出港を禁じてしまったので、打ち上げには失敗が多くなった。日本製の電子部品や材料、精密工作機械が入手困難になったからだという」

「…………」

私は、鍛治の話を聞きながら、一方で前方視界を目でスキャンした。

雲海のやや上の星空を、無限遠に焦点を合わせ、左の端から右端へ――今度はその少し上の辺りを、同じように右端から左端へ素早く。

習慣だ。

居て欲しくないところに、居て欲しくないものが居ない――それを目で確かめる。

戦闘機のレーダーは機首の左右各六〇度、計一二〇度の扇形空間をスイープしてくれるだけだった。さらにレーダー探知をはぐらかす方法などいくらでもある。戦闘機パイロットが自分と部下の生命を護ろうとしたら、ひたすら肉眼で、見える限りの空間を索敵する。それしかない。

旅客機の操縦席に座って、航空路を巡航していても、私は習慣で無意識のうちに外部の目視を繰り返していた。

同高度を飛行している機影はなかった。他の定期便は、もっと高い高度を飛行するのだろう。後で管制機関のレーダーから姿を隠すため、この機はわざと低い巡航高度を申請して飛んでいる。

「あの国の唯一の後盾は、中華人民共和国だ」鍛治は続ける。「外貨がなくてもかろうじて飢え死にせずに済んでいるのは、中国が原油を供給しているからだ。しかし中国は核兵器の開発を許していない。このままでは生命線である原油の供給まで絶たれてしまう可能性があるのに、新しい若い最高指導者は核開発を止めるどころか、これ見よがしに推進し、核実験を強行するのと同時に中国とのパイプであった実の叔父をなぶり殺しにした」

鍛治は息をつく。

「いったい、何を考えているんだろうな」

「投げ出したいのではないんですか」

私は外を見ながら、思いつくまま言った。

「本人には、実はやる気がない。やる気がないのに地位につけられた。誰か、神輿《みこし》から降ろしてくれ。こんなところにいたくない——無茶をやりながら、降ろしてもらえるのを待っているんじゃないですか」

「それは無理だな」鍛治は頭を振る。「あの国で、最高指導者を辞めようとするなら、殺されるか、自分から死ぬしかない」

若い最高指導者、か——

（————）

ネットのニュース映像が浮かぶ。動画や静止画として登場するその人物の面差しは、韓国の映画にも出られそうな、世に言う『美男』の類だ。

確か、私よりもまだ少し年下のはずだ……。

その人物は、病死した先代の最高指導者の三男に当たるらしい。二人の年長の兄を差し置いて現在の地位についたのは、本人の能力なのか。あるいは周囲を取り巻く者たちの政争の結果か。

「三男は欧州育ちらしいから、あの国も少しはまともに変わるだろう——誰しも、そう期待した。しかし就任してみれば大粛清の嵐。極めつけが実の叔父の」

鍛治が言いかけた時
『——スカイアロー〇〇九』

ふいに、無線に声が入った。

東京コントロールの呼ぶ声ではない。二番ＶＨＦ――二台装備している無線機の、もう片方からだ。

航空機は故障に備えて無線機を二台搭載する。通常、管制機関との交信に一台を使い、バックアップのもう一台は国際緊急周波数の一二一・五メガヘルツに合わせておく。一二一・五メガヘルツは、緊急事態に陥った航空機が救助を求めたり、自衛隊機が国籍不明機に対しスクランブルをかけた時にも警告のため使う。

『スカイアロー〇〇九、コード・ゼロワン』

何だろう。

不意に呼びかけて来た声は、短く告げた。

私は意味が分からなかった。相手は、自分のコールサインも告げない。

だが

「ラジャー」

鍛治は無線に短く答えた。

「コード・ゼロワン」

「何です？」

「予定通りだ」

「予定……？」

「そうだ。間もなく我々は石川県の海岸線から、日本海へ出る。訓練空域へ進入したら、入れ替わるぞ」

「?」

8

「入れ替わる? どういうことです」

私は訊いたが
「説明が足りなくて、済まない」鍛治は言う。「間もなく訓練空域だ。入域したら、高度を下げろ」

「―――」

私の目の前の計器パネルで、小松TACAN(無線標識)にチューニングしていた無線方向指示器の針がクルッとひっくり返り、真後ろを向く。MD87は自動操縦のまま航空路を飛んで、小松の上空を通過した。

雲海で見えないが、この真下に私の古巣の小松基地がある――機は海岸線を通過した。ここから先は日本海だ。洋上の訓練空域へ入って行く。

「東京コントロール、スカイアロー〇〇九はG空域へ進入。これよりテスト・ミッションを開始します」

『了解。終了したならば報告を』

鍛治は東京コントロール――この辺りの空域を広く統括する管制機関に連絡すると、テスト飛行開始の許可を取った。

「よし瀬名、オート・パイロットを切って降下してくれ」

言う通りにすれば、俺の言った意味は分かる――

そのような語調だ。

「――了解」

私はうなずくと、操縦桿に手を掛けた。

「あぁ、ちょっと待て」

だが鍛治は手で制すると、右席の通信スイッチパネルに手を伸ばし、〈CABIN〉と表示されたボタンを押した。

「機内にいる者に告げる。こちらは操縦席。これよりテスト・ミッションに入る。激しく動く場合があるからシートベルトを締め、立たないように」

鍛治の声が、客室のスピーカーに流れるのが聞こえた。

なるほど。

こいつは、旅客機なんだな――

私は自分の前の操縦桿を見る。後ろに〈乗客〉というものを載せているのだ。そして、脱出装置はついていない。

「瀬名、海面上三〇〇フィートまで降りてくれ。なるべく短時間で」

「分かりました」

私は操縦桿に両手を添え、左の親指の位置にある自動操縦の解除ボタンを押した。

警告トーンが二秒間鳴って、舵輪式の操縦桿はフリーになり手のひらの中で泳ごうとする。すかさず握ってつかまえる。

右手をスラスト・レバーにやり、やはり親指の位置にあるオート・スロットル解除ボタンを押す。赤い警告灯が明滅し、オート・スロットルが解除されると、そのままアイドル位置まで一気に絞ってしまう。

「スパイラル・ディセント。九〇度バンクで行きます」

「了解——おぅ」

鍛治が、驚きの声を出す。

私が操縦桿を左へ切り、機体が即座に反応して、ロールに入ったからだ。

目の前で月に照らされる雲海がグルッ、と傾き、ほとんど縦になる。ぐううっ、と座席に押しつけられるG。後方のギャレーの辺りで何か金属の転がる音がしたが、構わず垂直旋回に入れる（どうせ何か転がったところで、あの坪内沙也香は怪我《けが》などすまい）。

風防に風を切る音。縦になった雲海が目の前を、上から下へ激しく流れる。推力をアイドルにしたMD87は左九〇度のバンクを取り、左翼端を大地、右翼端を天に向けて垂直旋回に入った。主翼の揚力成分が、すべて真横を向き、機体を上向きに吊り上げる力がゼロになる。速度を保つように操縦桿をやや緩めると、機体は旋回急降下に入った。毎分六〇〇〇フィートの降下率――石ころがおちるのより速い。空間に螺旋《らせん》を描きながら降下、いやほとんど落下する。

ザァッ

雲海の上面に突っ込み、目の前が激しく流れる水蒸気だけに。機体は揺さぶられるが、数秒で揺れは収まり、目の前が暗黒だけの空間になる。

（雲の下へ抜けたか――）

私は気圧高度計のくるくる回る針を参考に、三〇〇〇フィートから操縦桿をゆっくり中立へ戻す（電波高度計はまだ役に立たない。機体の腹が横を向いているので、海面から電波が返って来ない）。

一〇〇〇フィートで、ほぼバンク角を水平に。電波高度計のデジタル表示が生き返って、海面との間隔を測定し始める。操縦桿で機首を起こし、水平飛行へ移行すると同時に右手でスロットル・レバーを出す。海面上五〇〇、四〇〇、三〇〇フィート。

降下が止まる。

姿勢儀でピッチ角をプラス二度。水平直線飛行に戻った。速度三〇〇ノット。

「こいつに、こんなことが出来たとはな」

鍛治が右席で息をつく。

グォオオオッ、と足下からも風を切るような唸り。爆音が海面に反射しているのか。

「今のマニューバー(機動)は、二Gも掛けていません。旅客機の制限範囲内ですよ」

「お前を頼んでよかったよ瀬名。俺は現場を離れて長い」

ここは――

私は前方の暗黒を目で探る。

小松沖の、G訓練空域か。

日本海上空に斜め長方形で横たわる、広大な訓練空域。航空自衛隊専用だが、使われていない時は、申請をすれば民間機も使用できる。

一年前までは、よくこの空を飛び廻った。機体はF15J戦闘機だった――

(――――)

脳裏に記憶がよみがえろうとするのを

『スカイアロー〇〇九、そちらの機影がレーダーから消えた。大丈夫か』

東京コントロールの管制官の声が遮った。

「成功だな」

鍛治が笑い、無線に応える。

「東京コントロール、スカイアロー〇〇九、問題ない。失速回復テストを実施して、低空へ降りた。これより再び上昇する。モニターに感謝する」

『了解』

「瀬名、トランスポンダーを切れ」

管制官を安心させると、鍛治はマイクを置いて言った。

「自動応答装置を切るんだ」

「?」

鍛治は、何を言うのか。

トランスポンダーとは、航空交通管制用自動応答装置。管制機関のレーダー波を受けると、自動的に反応し、自機の識別符号と飛行高度のデータを返信する。送り返されたデータは管制機関のコンピュータで処理され、管制卓の画面にリアルタイムで表示される。これにより管制官は、レーダー画面に映っている機影がどこの所属の何便で、飛行高度が何フィートであるのか把握できる。

それを切る……?

訝るのと同時に、『気配』を感じた。

空を飛んでいると、他の航空機の爆音などはもちろん聞こえない。

だが大きな金属物体が、大気を押しのけて強引に運動すると、それは音として耳に聞こえなくとも、必ず独特の震動となって空気を伝わる。

Ｆ15に乗っていた頃――こちらが水平飛行で静かに飛んでいると、訓練の相手機が私の死角から忍び寄り、襲いかかってくることがある。たとえば斜め左下、機体の腹の下から、微妙な言葉で表わせないプレッシャーのようなものを感じる。何だろう？　と気になって機体を背面にひっくり返してみると、見失っていた空戦訓練の相手機が斜め下方から突き上げるように襲って来る。驚いて離脱する――そのようなことが数回あった。

「どうして、こちらが襲うのが分かった？　完全にお前の裏をかいたと思って、得意になっていたら逆転された」

とっさにバレル・ロールで相手の後方を取り、逆に仕留めてから、後で地上のブリーフィングの場で訊かれた。

「まさか、こっちを見失ったふりをしていたのか？」

「そんなことはない。ただ、〈勘〉で分かったんだ」

「〈勘〉？」

「気配、かな」

「馬鹿を言え」

私に逆転で負かされた同期生は、怒った。

「空戦の最中に、気配や〈勘〉だなんて。俺は一度も感じたことはないぞ」

それはそうだ。

私も、戦闘機パイロットとして訓練を受け一人前になる過程で、そのようなものを感じ取ったことはない。

だが、陸上自衛隊の幹部レンジャー課程に希望して参加し、伊豆の山中を七日間、睡眠も食料も無しでさまよってから何かが変わった。うまくは言えない、極限状態の中で感覚を研ぎ澄ませた結果、深夜の山林の暗闇で何かが動くと、分かるようになった。訓練生に不意打ちをかける教官チームの動きが、じっとして目をつぶると、音よりも小さい空気の震動として身体で感じ取れるようになったのだ。

その〈勘〉で、一度は教官チームを返り討ちにした。

それ以来、小松基地へ戻って空戦訓練をすると『瀬名は背中に目がついているのか』と言われるようになった。


「――何か近づいて来る」

つぶやくと
「勘がいいな。見ろ」

鍛治が右席で言う。

何だろう。

「……？」

見やると、副操縦士席側の側面窓に、下から浮かび出るように機影が現れた。

赤い衝突防止灯を明滅させる。長さ十メートル余り、流線形のシルエット。

（――ビジネス機……？　いや）違う。

これは。

「U125だ。小松の救難隊の所属機だ」

鍛治が言う。

「救難隊……？」私は眉をひそめる。「小松の救難指揮機ですか」

U125A。米国レイセオン社製のビジネスジェット機を改造した、航空自衛隊の救難指揮機だ。任務中の戦闘機パイロットが何らかのトラブルで脱出したり、民間船が海難事故を起こした際には、真っ先に当該海面へ進出して遭難者を発見、後から来る救難ヘリに指示を与える。

この機が訓練空域の海面近くを、這《は》うように飛行していても不自然ではない。救難隊の連中は、そう言った訓練を日常で行なっている。

だが

『スカイアロー〇〇九、コード・ゼロワン。切れ』

無線に声が入った。

これは、先ほど呼びかけて来た――

「了解だ」

鍛治が無線のマイクに応え、中央計器パネルでトランスポンダーのスイッチをオフにした。

「切った。後は頼む」

『グッドラック』

声は、横に並走する救難機の機長か。

赤い衝突防止灯をひらめかせながら、U125のシルエットはフワッ、と浮き上がると

そのまま上昇し、窓枠の視界から消え去った。

「――――」

何だ、今のは。

「あれが、我々の身代わりをしてくれる。我々の識別符号を送信しながら、訓練空域を適当に飛んでくれる。あと三時間」

「身代わり……？　自衛隊機が、ですか」

「瀬名。お前が空自にいた時代とは変わったんだ。公安主導のオペレーションに、自衛隊が協力する。国家安全保障局のもとに、警察も自衛隊も結集してわが国を護る。そういう時代だ」

「――――」

「このまま超低空で半島へ向かってくれ」

つい今朝までは。

恩のある先輩の興した航空会社を救うため、一度だけ飛ぶ――そのつもりでいた。

それが。

公安主導のオペレーション……。

国家の行なう秘密作戦に、駆り出されていたとは。


「瀬名、頼む」

鍛治は念を押すように、私の顔を見た。

「このまま行ってくれ」

「先輩、一八億の話は」

「あれは本当だ、一八億ないと債務超過になる」

「――」

私は息をつき、操縦桿を右へ傾けた。

ＭＤ87は、海面上三〇〇フィート（九〇メートル）の低空を保ったまま、右へ機首を捻《ひね》る。

「おい？」

「この先に、岩礁海域があります」

私は、前方の闇を顎で指す。

頭の中に、先ほどから仮想の地図を描いていた。小松基地の直上から日本海へ出た――

飛ぶ方角と、何ノットで何分飛んだか。自分の位置はおおまかに分かる。

G空域は、上から下まで、ホームグラウンドとして知っている。有事に備え、F15では通常はやらないのだが、私は超低空を進撃する訓練も自主的にやっていた。海面上超低空の高速飛行で、最も注意すべきなのはバード・ストライク（鳥との衝突）だ。

「この位置から朝鮮半島へまっすぐ向かうと、岩礁の多い海域を通る。海鳥がいます。夜間でも飛んでいるのです」

「そうか」

「いったん針路を北方向へ振ってから、半島へ向かいます」

NO WAY OUT

CHAPTER-2 出口なし

RAVEN WORKS

1

それから一時間。

私は手動操縦で、闇夜の海面を這《は》うように飛び続けた。MD87は安定して飛んだ。海面上三〇〇フィート（九〇メートル）の低空を維持したが、不安は感じない。

初めにこの機体を格納庫で見上げた時。ある程度の鈍重さは覚悟した。しかし双発エンジンが尾部についており、主翼がクリーンであることの効果は思ったより大きい。操縦桿《そうじゅうかん》を軽く左右に当ててみると、エルロン（補助翼）の反応は良く、機は素早く傾いて向きを変える。おそらく両翼にエンジンを吊《つる》したデザインの旅客機に比べ、運動性能は遥《はる》かに上だ。これならば不意に海鳥の群れに遭遇したとしても、とっさの回避は可能だろう。

頭の中でイメージした通りに、針路をやや北に振ってから、西へ向ける。鍛治がFMCをセットしてくれた。開城の海岸線へ、まっすぐに向かうようにコースを引き直す。後は姿勢儀の表面に現れる縦と横の二本の指示バーが、中央で交差するように機を操縦すればいい。

途中で、視界の左手奥の闇に、無数の白い光点が散っているのを見た。

「漁火《いさりび》か。凄《すご》いな」

鍛治が言う。

「無数の漁船がいる」

「あの辺りが岩礁海域です。漁場になっている」

私が横をちらと見て言うと。

「瀬名」

鍛治は私を見た。

「お前、まさかイーグルに乗っていた頃、ここで夜間低空飛行の訓練もやったのか?」

「飛行隊の訓練要目にはありませんが、自主的に」

「………」

「要撃戦闘機のパイロットには、要求されない技量ですが。有事の際には役に立ちます。

疑問点はＦ２のパイロットに教えを乞いました」

「そうか。国は、お前ほどの人間――」

鍛治は何か言いかけたが、その時
ピッ
ＦＭＣのディスプレー・ユニットがアラームを鳴らした。

開城の海岸線の手前二〇〇マイルのポイントを通過したら、知らせるようにあらかじめセットしておいた。

「――そろそろ頃合いか。向こうの防空レーダーに映ってやろう、上昇してくれ」

鍛治の指示で、私はまずスラスト・レバーを前へ出し、最大上昇推力にセットする。左右のN1回転計の針が反応して跳ね上がり、シートに押しつけられるGを感じると、操縦桿を引いた。

ぐうっ、と目の前の闇が下向きに流れ、視界の左端に見えていた白い無数の光点――漁火の群れが沈んで見えなくなる。

ピッチ角二〇度で、急上昇した。

「向こうから、外交ルートを通じて指示されたコードだ」

鍛治がシャツの胸ポケットから紙片を取り出すと、中央計器パネルでトランスポンダーのダイヤルを回し、四桁の数字をセットする。そして自動応答装置をオンにした。

すでに機の位置は、日本海を三分の二も渡り、朝鮮半島東岸へ接近しつつある。北朝鮮の防空レーダーの性能がどれほどかは分からないが、ここで五〇〇〇フィートも上昇してやれば、映るだろう。

（――――）

あの国へ、近づいているのだ――

機体の重量については心配なくなる――その鍛治の言葉は、本当だった。私にとっては想定外の低空飛行で、燃料は予定よりも多く消費していた。

重量は軽くなり、開城の短い滑走路でも停止できる。

その代わり、帰途は羽田へ戻るのが決定的に無理になった。山陰か九州北部のどこかの飛行場へ緊急着陸を要請するしか、なくなるだろう――

「レーダーを入れる」

鍛治が言い、中央計器パネルで気象レーダーをONにした。

二本のスラスト・レバーの少し前方に、古めかしい感じの扇形スコープがある。機首レドーム内のパラボラ・アンテナが首を振ってスイープし始めたのだろう、前方の気象状況が映し出される。

旅客機のレーダーは、積乱雲や降水域の存在を見つけ、回避するためのものだ。ビームを下向きにすれば海岸線などの地形も映し出すが、あくまで気象観測用だ。飛行中の航空機などを捉えることはできない。

扇形スコープの上端に、オレンジ色のぎざぎざ模様が映り始める。朝鮮半島東岸のコースト・ラインだ。リアス式の地形が分かる。徐々にスコープ上を下がって来る。この機が三〇〇ノットで接近しているからだ。

だが、向こう側から『出迎え』の軍用機が接近して来たとしても、このレーダーで探知することはできない。

しかし
「──何か来る……?」

思わず、つぶやいていた。また何かを感じた。操縦席の窓に見渡す視界──ただ一面の闇。この広大な暗黒の奥のどこかだ。何かがいる。近づいて来る。

(……)

この感覚、久しぶりだ……。レンジャー課程の行動訓練で伊豆の山中の闇をさまよった時のような、不思議な神経の冴《さ》え渡る感じ……。

あの国へ近づいている。さっきからその意識が、体内にアドレナリンを分泌させているのか。

「何か来るのか、瀬名」

鍛治に訊かれ、右前方を指そうとした瞬間。

ドグォッ
ふいに何か黒い物体が、コクピットの窓枠のすぐ上を斜め前方から後ろへ擦過した。

ぐらっ、と機体があおられて傾《かし》ぐ。

(──!)

私は操縦桿を摑《つか》み直し、姿勢を保つ。

大丈夫だ、揺れはするが、ひっくり返りはしない。

今の影——

そこへ
「何が来たっ⁉」

背後で低い声がして、体重のある存在が踏み込んで来た。

振り向かなくても分かる、片岡二尉だ。

「我々への出迎えだろう」

鍛治が言う。

「北の戦闘機だ」

「——ミグ21です」

私は水平直線飛行を維持しながら、外界から目を離さずに言う。

「単発で細い。三角翼だった」

「見えたのか瀬名」

「一瞬ですが」

ほんの一瞬だけ視野に飛び込んだシルエット。外形に覚えがある。あのタイプのミグは旧式だがポピュラーだ。ベトナム戦争時代から飛んでいる型式だ。

作戦行動をする戦闘機なら、灯火はつけない。黒い影にしか見えないのは当然だ。

今のミグ21は、地上の防空基地からの誘導で、こちらへ指向されて来たのか。この機体の航行灯を発見して、確かめるため接近して来たか。

「後方を旋回して、戻って来ます」

音が聞こえたのも一瞬だったが、大気を強引に押しのける『気配』は背に感じていた。どこか後方にいる――斜め上方へ旋回し、宙返りの前半部分を使い、一八〇度向きを変える。急降下で速度をつけ、左横へ……。

(来た)

ゴォオッ
感じた気配の通りだ。

数秒後に再び轟音《ごうおん》がして、コクピットの左側サイド・ウインドーに流線型の細いシルエットが並んだ。今度は赤い衝突防止灯を明滅させている。

鍛治と片岡が、同時に「おう」と声を上げる。

私の左横、十数メートルの位置。これだけ近いと衝突防止灯の赤色が眩《まぶ》しい。

単座の戦闘機。やはりミグ21だ(中国製のコピー・F7かも知れない)。ベトナムでは米軍のF4ファントムを向こうに回し、勇戦した名機だが――しかしこいつはあまり腕は良くない。細長い機体シルエットが、窓枠の視野の中で微妙に上下する。

こちらは、私の手動操縦で五〇〇〇フィートをキープしている。その真横に、ミグはぴたりと位置を決められない。

(北朝鮮は、訓練に使う燃料が欠乏しているらしいが……)

それに、このミグは単機でやって来た。通常、戦闘機はどんなミッションでも二機が一単位で飛び、互いにバックアップ出来るようにする。しかし、感覚を研ぎ澄ませてもほかに戦闘機のいる気配はない。

開城に近い、どこかの空軍基地から上がって来たのだろうが――燃料の欠乏で『出迎え』を一機しか上げられなかったのか……？

あるいはほかの理由か。

私には想像すべくもない。

サイド・ウインドーに浮かぶ機影は、やや速度を増し、前方へ出る。上下に踊るようにしながら左右に主翼を振った。

「『我に続け』か……」

「開城まで誘導してくれるらしいな」

それから二十分。

ミグ21の単発のノズルを左前方に見ながら、五〇〇〇フィートでまっすぐに飛んだ。観察すると、古い軽戦闘機は左右の主翼下に細いミサイル弾体を一発ずつ吊るしている。赤外線誘導の空対空ミサイル。旧ソ連製のアトールか。

レーダーに映る海岸線は、徐々に近づいて来る。今のところ海岸線以外、積乱雲のような障害となる気象現象は映らない。

「天候は良いようです。着陸の準備を」

私は鍛治に促し、ＦＭＣの算出した着陸重量から、進入基準速度を性能ハンドブックで割り出してもらった。着陸重量での失速速度よりも、23パーセント多い速度で進入をする。そうマニュアルに規定されている。

基準速度を、目の前の円型速度計の目盛りにセットする。

開城の滑走路には、着陸のための航法援助施設——例えば日本国内の空港ならばどこにでも設置されているＩＬＳ（計器着陸システム）などは一切、備わっていない。滑走路の灯火だけは点灯している、という情報らしい。

次第に陸岸に近づくと、左方向には光の点々に縁取られた海岸線が伸びているが、正面から右手はただ暗い。右方向は真っ暗闇と言っていい。地図など参照しなくても、韓国と北朝鮮の境界がどこなのか一目でわかる。

「見えました」

航法援助施設がなくとも、開城の滑走路の存在はすぐにわかった。

前方の真っ暗闇の中に、一つだけぽつんと緑の光点が浮かんだ。ほかに光源がまったく無いので、それが滑走路を縁取る灯火——滑走路灯であることがわかる。普通、日本では市街地の灯火などに紛れてしまうため、滑走路の灯火を見つけ出すのは余程近づかなければ難しいのだが……。

「滑走路灯か」

鍛治も乗り出す。

「約束通りに、点灯してくれているようだな。そうでなければどこが飛行場なのか、ぜんぜん分からん」

「あそこが開城か」

片岡も、操縦席の後ろから乗り出すようにして見る。

「しかし、こんなに明かりが無いとは」

「進入します」

私は、次第に細い滑走路の形になっていく緑の灯火を見て、頃合をはかり、スラスト・レバーをアイドルへ絞った。

そのまま五〇〇フィートを保つと、速度は急速に減っていく。フラップ無しのクリーン状態の失速速度に近づいたところで、操縦桿で機首を下げてやると、滑空に入った。

「着くの？」

機が滑空に入ると、女の声がした。

香水の匂いが鼻につく。やはり感覚が鋭敏になっているのか。

「オブザーブ席に座るなら、ショルダー・ハーネスを締めろ」

私は前を見たままで言う。

「重量は減ったが――接地したら急停止になることに変わりはない」

「あなたの操縦が荒っぽいことは分かったわ」

坪内沙也香が、肩をすくめる気配。

「片岡二尉、君もだ。座ってベルトを締めてくれ」

操縦席の後方で、二つあるオブザーブ・シートに片岡と坪内沙也香が着席するのが分かった。

「フラップを出します。フラップ、ワン」

「了解だ」

鍛治が私の指示で、中央ペデスタル右側にあるフラップ・レバーをつかみ、〈UP〉から〈1〉の位置へセットする。

空気の音が変わる。主翼前縁でスラットが開き、揚力が増すのが操縦桿の手ごたえで分かる。

緑の台形のようになって前方から近づく滑走路へ、一定の降下角を保ちながらフラップを〈5〉、〈15〉、〈30〉と段階的に下ろし、速度を減らしていく。

「ギア・ダウン」

高度一〇〇〇フィートまで降下したところで、着陸脚を下ろした。もう滑走路は三マイル前方にある。滑走路以外にもいくつか、細かな黄色い光点が散っている。開城の工業団地だろう。

鍛治の操作で着陸脚が下ろされると、ゴォオッと騒音が増し、機体が空気抵抗で沈み込む。操縦桿で降下角をキープしながら、スラスト・レバーで推力を出す。再びエンジン音が高まり、離陸の時の五〇パーセントくらいの推力で、降下角を維持したまま進入基準速度におちつく。

すぐ左前方にいたミグ21が、主翼を振り、上昇して行った。こちらが確実に着陸すると判断したのだろう。

「まもなく着陸する」鍛治が機内放送に告げた。「全員、ベルトを締めてくれ」

「ランディング・チェックリストを」

私がオーダーすると。

鍛治が右席で、操縦桿のコラムに取りつけられたプレート状のチェックリストを読み上げ始めた。

「ランディング・チェックリスト――」

だがその時。

ふいに背中で唸《うな》り声がして、何かが瞬発的に動く気配がした。何だ。まるで肉食獣が獲物を――

ドカッ

頭のすぐ後ろで、何かがぶつかり合った。

何だ……⁉　だが目の前の闇に、灯火に縁取られた滑走路が迫る。振り向けない。操縦桿を放すわけにいかない。

「そのまま着陸してっ」

鋭い女の声。

何か金属物体が横の壁にぶち当たる。「ぎゃあっ」と絞り出すような男の悲鳴。

目の前は滑走路。末端を通過し、真っ暗な路面が迫る。ランディング・ライトの光芒《こうぼう》は呑み込まれ、舗装面はほとんど見えない。勘で接地させるしかない——！

（今か）

操縦桿をわずかに引いて機首を起こし、同時にスラスト・レバーをアイドルへ絞る。

キュッ
軽いショックとともに、主車輪が路面を打った。スピード・ブレーキのレバーが自動的に立ち上がる。サスペンションの沈み込みを感じながら素早くスラスト・レバーをリバースに入れる。

ズゴォオオッ
逆噴射。

首筋に風のようなものを感じた。危険。〈勘〉が教える。ブレーキを踏め。最大ブレーキ……！

「くっ」

両のラダー・ペダルを思いきり踏み込む。減速Gがかかり、すべてのものが前方へ持っていかれる。上半身がのめってショルダー・ハーネスに食い込む。ばたばたっ、と派手な音を立てて何かが中央計器パネルにぶち当たった。青い制服の腕が伸び、前のめりに倒れ込んだ体躯《たいく》の首筋にシュッ、と何かを刺し入れた。

ぐふぉあっ

獰猛な獣のような唸りをあげ、大柄な体躯が動かなくなる。

「リバース・レバーが引けない」私は前方を見たまま叫んだ。「こいつをどけてくれ」

前方視界には、短い滑走路の向こう側の末端を示す赤灯の列が迫っていた。夜間だから海岸線は陸風のはずだ。追い風ではなかったはず――

ブレーキを踏み続ける。計器パネルに額をぶつけそうな、前のめりの減速Gとともに、ようやく機体は停止した。

「はぁ、はぁ」

息をつき、ようやく横を見ると。

頑丈そうな体躯をスーツに包んだ片岡二尉が、妙な角度に首を曲げ、センター・ペデスタルにのしかかる姿勢で泡を吹いている。

何だ……⁉

「あなたに襲いかかろうとした」

背中の女の低い声も、さすがに呼吸を乱している。

「事前に、察知出来なかった。おそらく何か、トリガーになる語句で自動的に襲いかかるように催眠をかけられていた」

「……?」

私は女を振り向く。

目を見開いた。客室乗務員の青い制服のスカートが、斜めに裂けている。格闘をしたのか。ここで──?

サイドの壁を見た。マニュアル類を収納したラックの下に、一丁の黒い拳銃が転がる。見覚えがある。シグザウエルP228だ。さっき壁に当たった音は、これか。

「訊くけど」

坪内沙也香は呼吸を整える。

「着陸の前に、二人のパイロットが必ず口にする言葉は?」

「?」

「ハニー・トラップ」

沙也香は倒れた巨軀を見下ろし、唇を動かす。

「本人も気づかぬうちに、この男は催眠をかけられていた。ある言葉を耳にしたら、操縦席へ襲いかかれ──レンジャー隊員一人一人が付き合う女の素姓まで、NSCは調べ切れない。だから離陸の時も、わたしがオブザーブ席に座った。離着陸の最中、あなたを護《まも》るために」

「……」

私は、青い制服の女と、倒れたレンジャーの指揮官を交互に見た。

片岡二尉が、何者かに催眠暗示を……？

このミッションを妨害するように、仕向けられていたのか。

「どこに敵がいるのか、誰が敵なのか、分からない」

「君が、これを」

しかし沙也香が、現役のレンジャーのリーダーを倒したのか。

首筋に刺さったままの針が一本。

毒針……？

「備えていたから、勝てた」沙也香は私を見た。「わたしでなく、あなたを襲おうとしていたし」

「しかし――」

「さっきの、髪に隠していた針はダミー。わざと分かり易いようにしていた。奥の手は、別のところに持ってる」

「とにかく」

鍛治が口を開いた。

「滑走路を出て、駐機場へ――」

だが言い終わらぬうちに、コクピットの後方通路に足音がして、開けたままの操縦室扉から背広のレンジャー隊員たちが駆け込んできた。

「何だ、今の物音は何ですかっ⁉」

最初の一人が踏み込むのと、女の手がすばやく片岡二尉の首筋から針を引き抜くのはほとんど同時だった。

針は女の手の中へ消えてしまう。

「こ、これは⁉」

「説明する」

鍛治が振り向いて言った。

「とにかく、落ち着いてくれ」

「鍛治さん」

私も言った。

「私に隠していることが、まだあるんじゃないんですか」

「どういうことだ?」

「おかしいじゃないですか」

「とにかく、駐機場へ向かおう。瀬名」

「急に暴れだした。危ないところだった」

着陸灯に浮かび上がる黄色いセンターラインを頼りに、機体を左へ直角にターンさせ、滑走路を出ると。

2

さらにセンターラインはもう一度、左へ直角に折れた。滑走路と並行に走り出す。着陸灯の照らす範囲の外はほとんど完全な闇だ。

操縦席横のステアリング・ハンドルを握り、真っ暗な誘導路をそろそろと進んだ。

前方の右手に駐機場と、小規模なターミナルの建物が見えて来る。こちらの接近を確かめてからか、照明灯が一基だけあって、点灯した（電力が相当不足しているのか）。

「二人で着陸前のチェックリストをやろうとしたら、いきなりベルトを外して襲い掛かってきた。わけがわからない」

右席では、鍛治が後方を振り向いて説明している。

コクピットの狭い入口扉には、背広のレンジャー隊員たちが押し寄せている。先頭の二名が、倒れた片岡二尉の大柄な身体《からだ》を苦労して引きずり出すところだ（折り畳み式のオブザーブ・シートを二つとも広げているから、ほとんど足場が無い）。

ちらと振り向いて見ると、坪内沙也香は立ち上がって壁のラックに背中をつけ、二名の隊員に空間を開けてやっている。裂けたスカートを手で押さえる振りをして、床に転がった拳銃をパンプスの踵《かかと》で見えない位置へ移動させた。

「彼女が取り押さえようとしたが、とても無理だった。だがベルトを外したものだから、急制動のGで計器パネルに頭をぶつけた」

「とにかく外へ出します」

副リーダー格の男が、興奮した赤ら顔で言った。

自分たちの隊長が、突然暴れ出し、パイロットに襲いかかろうとした。それが急制動のGで計器盤に頭をぶつけて昏倒《こんとう》した――

いや、絶命したのだ。

副リーダー格の男は、まだ二十代か。若い。野戦では優秀で身体能力も高いだろう。

しかし、このような事態に、ただちに指揮を継承してグループをまとめ切れるか。

CAの制服姿の坪内沙也香はスカートを押さえ、「こちらを見ないで」という表情を造っている。

レンジャー隊員たちは、女性にそんな顔をされれば、あえて見たりはしないだろう。

沙也香のパンプスの踵のすぐ後ろには、黒い自動拳銃が隠し切れずに転がっている。

銃は、片岡二尉が私に向けようとして、彼女がはたきおとしたものか。

初対面の時には所持していなかった。手荷物に隠して、持ち込んだか。

沙也香は、自分が片岡二尉を倒した――やむを得ず手に掛けたことを、レンジャー隊員たちに知られまいとしている。

彼女がNSC工作員であることを、レンジャーたちは知っているのか？

考えてみると、はっきりしない。

萬田路人は、そのことについて何も告げなかった。今ここで、鍛治に確かめるわけにもいかない。レンジャーたちは、万一の時に私たちを護るためと、将来に備えるため『慣らし』として乗せたという。だがこの飛行が本来は、工作員である沙也香の妹を救出するのが主目的であることも、彼らは知っているのか。

はっきりしない。

(警察と自衛隊が協力して国を護る……？)

そんなことが、果たして出来るのか。

「駄目だ、息がない」

「AEDを持って来い！」

コクピットの出口で叫び合う声。

その間にも機は前進し、駐機場の区画へ進入する。

窓の右手に、赤い蛍光パドルを捧げ持つ誘導員が見えた。

発光する二本の棒状パドルを真上に掲げ、「ここへ進め」と示している。あそこが、駐機位置――パーキング・スポットか。

だが

「瀬名、どうした」

私が機体を旋回させず、誘導路の上で停止させたので、鍛治がけげんな顔をする。

滑走路と並行に走る誘導路から、駐機場のスポットへは右へ直角にターンして入るのだが。

駐機場のスポットに入って止まれば、出発する時に大きく一八〇度、ターンしなくてはならない――

「ここに止めます」

私は、機体を停止させた上でブレーキ・ペダルを踏み込み、右手でレバーを操作してパーキング・ブレーキをかけた。

「燃料が心配ですが、エンジンも切りません。この状態で後部タラップを下ろすように、彼らに言ってください」

「ここでか？」

「すぐ、出られるように。視察団一行を乗せたらただちに滑走路へ向かいます」

「――うむ」

鍛治はうなずくと、シートベルトを外した。

「こちらの要求が通るかは分からんが、乗降ランプを下ろそう」

「鍛治さん」

私は立ち上がりかけた鍛治に、小声で言う。

「片岡二尉は、どこかへ隠さないと」

「洗面所はまずいわ」

沙也香が言う。

「こちらの係官が上がって来て機内を調べたら、真っ先に見つかる」

「床下電子機器室へ隠そう」

鍛治はうなずいた。

「吉本《よしもと》准尉に話す。分かってくれるだろう」

だが
「こちらにも、医療施設があるはずです」

呼ばれて戻って来た副リーダーは、吉本准尉という名か。興奮した赤ら顔のままだ。

「理由はどうあれ、手当てを受けさせたい。外へ急を知らせ、医師を呼んで頂きたい」

自分の上官が、異常なふるまいをしたにせよ、昏倒して意識不明になっている。手当てを受けさせたいと考えるのは当然だろう（野戦では負傷兵は必ず見捨てずに保護し、味方陣地へ帰す）。

すでに沙也香の手によって殺されているのだが、「殺した」などと告げたら激昂《げきこう》しそうだ。

時間はない。

どう言ったものか――

「吉本准尉」

鍛治が説明した。

「片岡二尉は、何者かに催眠をかけられ、我々を襲うように仕向けられていた。残念だが、外国の工作員の影響下にあったと見ざるを得ない」

「――外国工作員……？」

「そうだ」

「しかし、民間企業の視察団一行を連れ帰るだけのミッションを、なぜ外国が妨害するのです⁉」

「それは」

鍛治は言葉を濁す。

その横顔を見て、私も思った。

若い副リーダーの疑問は当然だ。

片岡二尉にあらかじめ催眠をかけ、この機が着陸に失敗するように仕向けたのは、何者なのだ……？

救出ミッションが頓挫するようにして、どうしたいのか?

北朝鮮側が妨害して来るのはおかしい。工作員の存在を疑って、視察団一行を帰したくないなら、初めから救出フライトの受入れを拒否すればいいだけだ。

着陸を失敗させようとしたのは、『事故』に見せかけようとしたのか。

「とにかく」

鍛治は言う。

「片岡二尉を機内にこのまま転がしておけば、北側の係官が乗り込んできた場合、不審に思われる」

だが
「何を不審に思われるのです」

若い陸自の准尉(この階級は防大出身ではなく、一般隊員から努力して上がって来た者に与えられる)は、一本義そうな面差しで鍛治を睨《にら》む。

「機内で急病人が出るのは、普通の旅客便でもよくあることだ」

「助かる見込みがあるなら、そうしてもいいが」

しかたなく、私も言った。

「見てくれ。彼はもう絶命している。こちらの医療施設に診させて、いや医療施設があるとしてだが、この体格を見られたらどう思われる?」

「——」

准尉は振り向き、コクピットのすぐ外の通路に仰向けにされた自分の指揮官を、凝視した。

「トレーニングを受けた戦闘員だということは、軍医が見たらすぐに知れる。我々全員を取り調べる、と向こうが言いだしたら？　足止めされている間に、情況がさらに悪化したら帰れなくなる」

「――――」

吉本准尉と私は、睨み合いのようになるが
『コクピット、聞こえるか』

ふいにスピーカーから声。

無線ではない、明瞭な近い音声だ。

『今、機首の下でインターフォンを繋《つな》いだ。応答されたい』

しかも、はっきりした日本語だ。

ちょっと待ってくれ、と手ぶりで示すと、私は機長席側の通信コントロール・パネルを〈ＩＮＴＰＮ〉に切り替えた。振り向いた姿勢のまま、操縦桿の通話ボタンを握った。

機首の右下の側面に、整備士がコクピットと連絡をするためのサービス・インターフォン差し込み口がある。早くも、誰かがそこへやって来て通話機器を繋いだのか。

明瞭な日本語を操る人物だ。

「こちらはコクピット。機長だ。そちらはどなたか」

『偵察総局、リ上尉』

リというのは李のことか。

上尉は自衛隊で一尉に相当する現場の指揮官クラスだ。しかし偵察局というのは――

「――」

「――」

思わず、鍛治、吉本准尉と目を見交わす。

吉本准尉は、一瞬だが目を剝《む》くような顔つきになる。

「分かった。私は機長の瀬名だ」

相手が空自時代の自分の階級と対等であったので、自然に対等の口調で応えた。

「機はここに止め、エンジンも回したままにする。速やかに視察団を乗り込ませたい」

『了解した。しかしその前に、機体を検査する』

「検査？」

『そうだ。すべての貨物室扉をオープンさせて欲しい。機内も捜索するので後部タラップを下ろしてもらいたい』

「――」

「――」

「リ上尉。質問する。何のための検査か」

『爆発物の有無を調べる』

リ上尉と名乗った男――おそらく三十代だろう――の声と共に、一両の軍用車両がエプロンの方から走って来て、前方窓から見える位置に横向きに止まった。着陸灯に浮き上がる車体は濃緑色。大型ジープに相当する車種だ。

滑走路へ向かう誘導路を、塞がれた。


「――分かった」

私は、一秒間で判断を決め、インターフォンに返答した。

「今から、後部タラップを下ろす」

「瀬名」

鍛治が『いいのか』という表情になるが
「情況が変わりました。隠すと、かえって面倒です」

私は鍛治と吉本准尉、そしてコクピットの後方でこちらを注視する坪内沙也香を順に見て言った。

「相手は今、偵察総局と言った。北朝鮮の人民武力部・偵察総局です。知っての通り、諜報と工作のプロ中のプロだ。小細工はすぐにばれる、後ろに乗っている連中がレンジャーだということも、多分ひと目で知られる」

「ふん」

吉本准尉が腕組みをする。

その表情は『あんたに言われることじゃない』という感じだ。

「片岡二尉は？」

沙也香が訊く。

「隠さないの？」

「通路の、邪魔にならないところに寝かせてくれ。乗り込んで来た連中の反応を見ながら対応する」

下手に隠しておいて、見つかった時の方が危ない。

下にいる上尉は『爆発物の検査』と言った。この機体へ乗り込むための、名目上の理由かも知れない。しかし仕掛けられた爆弾がないか調べると言うのなら、床下電子機器室も当然ながら見るだろう。

「わかったわ」

沙也香は、私の考えるところを察したようにうなずく。

「わたしが、後部タラップを下ろします」

「頼む」

「ちょっと」

吉本准尉は、コクピットを出る沙也香の背を見送りながら言う。

「我々は日本から来たというのに、どうしてこの機の爆発物検査なんかやるんです」

「名目だろう。調べたいのさ」

鍛治は、自分も立ち上がって言う。

「連中の気が済むようにさせないと、誘導路を空けてもらえない。私も後ろへ行く。瀬名、今回のフライトはお前がパイロット・イン・コマンドだ。ここを頼む」

「分かりました」

鍛治の口にした『パイロット・イン・コマンド』とは。

航空用語だ。機の運航に責任をもつパイロット——すなわち機長という意味だ。お前が現場のリーダーだ。最善と思われる判断をして指揮を取れ。そう私に念を押したのだ。

鍛治に訊《き》きたいこともあるが、余計な話をしている余裕はない。

『コクピット、聞こえるか』

インターフォンの声が催促した。

『すべての貨物室扉を開いてくれ』

「分かった、今開ける」

私は操縦席の頭上のオーバーヘッド・パネルに手を伸ばし、〈CARGO DOOR〉と表示されたトグル・スイッチを次々に〈OPEN〉側へ操作した。MD87には、胴体の右側面に、前方と後方・二つの貨物室扉がある。電動モーターが働き、気密ロックが外れる作動状況は、表示灯が緑からオレンジに変わることで確認出来る。

「今、オープンにした」

『了解だ』

「吉本准尉」

私は、自分も後方の客席へ戻ろうとするレンジャーの副リーダーを呼び止めた。

「悪いが、ちょっと聞かせてくれ」

「何です？」

いかつい体格に、髪を短くし、片岡二尉同様にあまりサラリーマンには見えない。吉本准尉は、指揮継承者として、後ろの客室の隊員たちを取り纏《まと》めるつもりだろう。

それはいいとして。

「今、はっきりさせておきたい。君たちが、いや君が命じられて来たことを、聞かせてもらいたい。命じられた任務の詳細だ」

「任務の詳細？」

「そうだ」

「そんなことを、私があなたに話すと思いますか？」

「俺は今、民間人だが」私は自分を指して言った。「知っているだろう。俺は退役したがもと空自の一尉だ」

「——本当ですか？」

若い副リーダーは、けげんな顔をする。

そうか。

聞かされていないのだ。私の素姓を聞かされていない。片岡二尉は知っていたのに、この吉本准尉は知らない……。

「服の上からでも身体を見れば、その人間がどんな素姓かは分かるはずだ。そうじゃないか？」

「ですから、どんな人なんだろうと思っていました」

「准尉。君が、任務の詳細を部外者に言えないのも分かる。しかし」

私は准尉の顔を見て続けた。

「いいか。この機の機内にいる間は、機長の指示するところに従え——そのように上から出発前に命じられたかどうかだけ、教えて欲しい」

「どうしてです」

「俺は、この機の機長を引き受けた。皆の生還に責任を負っている。君たちが俺の指示を無視して、もし勝手な行動をとれば」

「臨機応変の措置は」吉本准尉は私を遮って言った。「我々の主任務です」

「——」

「――――」

吉本准尉と私は、また睨み合いのようになったが。

「ま、いいでしょう」

青年レンジャーは、肩をすくめるようにした。

「おっしゃることは分かる。機長のあなたが『するな』と言うことは、しないようにする。少なくとも、この飛行機の中でだけは」

「頼む」

准尉がコクピットの扉から後方へ消えると。

『コクピット、着陸灯を消してもらいたい』

インターフォンの声――リ上尉が急にせわしなく言った。

『すぐに消せ』

「なぜだ。視察団を乗せたらすぐに出発――」

『いいからすぐ消せ。標的にされる』

ほとんど同時に、右横の駐機場を照らしていた照明塔も消された。

「……!?」

私は切迫した声の調子に何かを感じ、素早くオーバーヘッド・パネルへ手を伸ばす。

着陸灯のスイッチを左右二つともＯＦＦにした。

操縦席の前方視界が、闇に沈む。誘導路を横向きに塞いでいた車両も見えなくなる。

『機長、すぐに外部灯火はすべて消すのだ。航行灯もだ。客室内の照明も消すか、窓のシェードを全部閉めろ』

「何」

標的……？

今、そう言ったのか。


「くっ」

私は航行灯のスイッチも切り、通信コントロール・パネルを〈ＣＡＢＩＮ〉に切り替えると、ヘッドセットのマイクに告げた。

「こちらは機長だ。全員に告げる。ただちに客室内の照明をすべて消――」

だが言い終えぬうち
ひゅるるっ、という笛のような響きがした。

（――!?）

3

思わず見上げた。

何だ……⁉

空気を裂く響きは、コクピットの天井の上から急速に近づく。次の瞬間、右の側面窓に真っ白い光が閃《ひらめ》き、大地をえぐるような衝撃が機体を揺さぶった。

「う」

機体が一瞬、跳ねた。身体も跳ね上がり、シートベルトに引き戻され、座席に叩きつけられる。衝撃。

(く――くそっ)

次いで横から爆風。

ゆさっ
後方の客室で声にならぬ悲鳴が沸く。停止しているMD87は、爆風にあおられ右の主車輪が浮くくらいに持ち上げられ、傾くがすぐ自重で元へ戻る。右主脚が、地面に叩きつけられ沈む。

「うわ」

この爆発は。

まさか……!

私はとっさに両足を踏み込んでパーキング・ブレーキを外しかけ、やめる。

駄目だ。機体は移動させられない。すぐ目の前に車両が止まっている――!

外部灯火はすべて消し、たった今の閃光《せんこう》のせいでさらに闇の奥は見えなくなっている。目がすぐには暗順応しない。

「リ上尉、車両を移動させろっ。機体を前へ出す」

私は操縦桿のマイクスイッチを握り、インターフォンに言うが。

下からの返答は無い。

「おいっ」

呼ぶが、駄目だ。

今の爆風で吹っ飛ばされたか、あるいは戦闘のプロならば通信器具など放り出して地面に伏せるだろう。

「くそっ」

私はシートベルトを外して立ち上がる。

砲撃は、右方向からか……!?

そこへ
「機長っ」

吉本准尉が駆け込んで来た。

「すぐ機体を動かしてくれ、ここは攻撃されている。迫撃砲だ!」

「分かっている」

私は応えながら、コクピットの右の側面窓に取りつく。リ上尉か、その部下たちの姿は見えないか。サイド・ウインドーのうち一枚は開閉式だ。ロック付きのハンドルがついている。どうやって開くんだ、これは――

「何をしてるんだ、早く機体を出せ」

背中で吉本准尉が叱咤《しった》するが
「駄目だ。さっき見ただろう、車両が前を塞いでいる」私は頭を振る。「どかさなければ動けない」

「左の草地へでも出せばいいっ」

「駄目だ、はまり込んだら動けなく――」

全部言う前に、またひゅひゅっ、という笛のような響き。

まずい。

「頭を下げろ、つかまれっ」

二度目の爆発で、まったく同じように機体はあおられ、傾いて片足を浮かせてから元へ戻る。

がんっ、と突き上げる衝撃。

「く、くそっ」

どこから発射された砲弾が放物線を描き、頭上から落下し、数十メートル横に着弾したのだ。炸裂《さくれつ》の衝撃波で、通常の建物ならば窓ガラスはすべて割れて吹っ飛んでいる。私は一回目の着弾からの間隔を頭で測った。十秒弱か――

「迫撃砲は、一門か」

身を起こし、サイド・ウインドーのハンドルに取りつく。

何者か分からないが、ここを攻撃して来た〈敵〉が複数の迫撃砲を持っていれば、もっと畳みかけるように砲弾は来るはず。襲撃側は砲を一門しか持っていない。着弾の閃光を観測してから第二撃を放ったのであれば、〈敵〉からの距離は――

「くっ」

サイド・ウインドーのハンドルを摑む。握って開放する形式のロックだ。ロックを外しながら手前へ引き、重たい窓をスライドさせて開く。

火薬臭い熱気が押し寄せる。右の側面窓から外を見る。

（……⁉）

車の列だ。いつの間にか、機体の右側に一列に暗色の車両が十数台も並び、その中にはトラックもある。

ジープのような小型車はひっくり返っている。車列の向こう側で、もくもくと爆煙が上がっている。そうか――破片が飛んで来なかったのは、車両がある程度の防護壁になったためか。

しかし煙の上がっている場所は。

（駐機場のほぼ真ん中じゃないか）

背中がぞっ、とした。もしも誘導されるまま、パーキング・スポットへ機を止めていたら――

「おいっ」

外へ向けて怒鳴った。

「リ上尉、誰でもいい、誘導路のジープを――」

だが今度も最後まで言えない。

ひゅひゅっ――

「くそ、伏せろ」

着弾と爆発は、今度も駐機場の舗装されたフィールドをえぐった。

コクピットの中で頭を低くすると、スライドさせた窓の開口部から突風が襲い、頭の上を吹き払った。操縦桿にクリップで挟んでいたチャート類が吹っ飛ばされて舞う。

外ではさらに数台の車両がひっくり返されたか、重い金属音が爆風に混じる。

「俺が行く」

吉本准尉が、爆風のおさまったサイド・ウインドーに取りつくと、脚を蹴り出すように外へ出す。側面窓は、うまくくぐらせれば人間の身体が通る大きさだ。

「飛び下りて、機首の前のジープを移動させる」

「頼むっ」

私はうなずくと、コクピット後方の壁から消火作業用の小型斧《おの》を取り外し、青年レンジャーに手渡した。

「使え」

吉本准尉の姿が、窓の向こうへ飛び下りて消えると。

私も窓から上半身を乗り出し、機体の横の情況を見た。闇の中で、黒い群れが動いている。人影だ。軍用車両の列から、機体後部へわらわらっ、と移動していく。

(何をしているんだ……⁉)

機体の前部と後部の貨物室扉が、上向きにオープンしている。

積み降ろし用のローダーのような車両が、後部貨物室扉に横づけされる。

「――おいっ」

思わず私は怒鳴った。

「今、そんなものをつけるなっ」

舌打ちし、振り向いてオーバーヘッド・パネルへ手を伸ばすと、取り合えず前部貨物室の扉はクローズさせる。だが後部貨物室は駄目だ、いま下手に扉を閉じればローダーと当たって破損する。貨物室扉が破損して閉まらなくなれば離陸出来ない。

(土産の贅沢品《ぜいたくひん》だと……？　そんなものを降ろしている場合か)

ローダーが横づけされると、下手に機体を前進させれば今度はエンジンと当たる。

私は再び右側サイド・ウインドーから身を乗り出すと、前と、後方の空間を見渡した。

機首の前方は暗くて見えない。車両を移動させるため、吉本准尉が走って行ったはずだが
――後方に目をやると、車列の中央のトラックからいくつかの人影が降り、後部タラップ
の方へ向かう。爆煙の流れる中、動きがぎこちない。戦闘員らしき影に誘導されている。

民間人か……？

(視察団のメンバーか)

乗せるなら、早く乗せなくては。

だが多くの戦闘員らしき影は、後部貨物室の前で動いている。開口部にローダーの位置
を合わせ、内部からコンテナを引き出しにかかっている。駐機場の中央付近で火の手が上
がり、鈍い銀色の貨物コンテナが照らし出された。

「鍛治さん、何をやっているんだ」

この飛行場は攻撃されている。

後部貨物室の荷降ろし作業など、すぐに止めさせてくれなければ。

何が起きているのか分からないが、飛んで来たのは迫撃砲の砲弾だ。笛のような飛翔音
が聞こえてから着弾までの秒数、砲弾の飛来した時間の間隔から、撃って来た勢力はざっ

と概算して二キロほど離れている。

日本からの救援機が飛来したのを狙って、これを破壊すべく撃ったのか？　あるいはたまたま内乱のように戦闘が行なわれている只中《ただなか》へ、我々が降りてしまったのか……？

リ上尉と名乗った男が所属する偵察総局は、この国では最高指導者から直接命令を受ける組織のはずだ。偵察総局が仕切る飛行場を砲撃したというのは、最高指導者の意に逆らう反乱の動きが生じているのか。

「くそ」

私は窓を離れ、客室へ続く扉をくぐった。

「鍛治さん」くぐりながら怒鳴った。「ローダーを下がらせるよう、外の戦闘員に」

だが
次の瞬間、私は足を止めていた。

（――!?）

異様な風体の人物が、通路に立っていた。

ＭＤ87のキャビンは、中央に一本の通路が伸び、その左右に二席と三席の乗客用シートが奥までずらりと並ぶ。

客室の空間は赤い非常灯に変わり、窓のシェードがすべて下ろされ閉じられていた（レンジャーたちが素早く対応したのだろう）。外の様子は見えない。

通路の中央に立っていたのは、濃い緑色の軍服姿だ。腰に拳銃のホルスター、足元は乗馬用の長靴。赤い線の入った軍帽は、昔の日本軍の将校を連想させる。

（人民軍の将校か）

頬の削《そ》げた、鋭い印象の横顔がこちらを振り向く。

三十代だ。この男が、李上尉なのか……？　北朝鮮の階級章はよく分からない。

「あなたが機長か」

少しかすれた低い声で、男は言った。

「私はキム上佐。偵察局の首席分析執行官だ。迫撃砲は、もう気にしなくていい」

「……!?」

私は、男の風体と共に、その体格を素早く目で探る。鍛えている――分析官と名乗るが、特殊作戦もみずから遂行できるだろう。

「たった今、敵の迫撃砲グループは私の部下が制圧した」

キム上佐と名乗った男は、軍帽の下の耳にイヤフォンを入れている。左肩につけた小型のマイク（無線機か）。

すると

「機長」

キム上佐の向こうに、スーツ姿の初老の人物が立っている。銀髪。

顔に見覚えがある。

面識がある、というのではない。TVなどで何度か見た。

「後部貨物室の作業が済み次第、出発する。君は操縦席について、待機していたまえ」

「――――」

私は、銀髪の人物と、キム上佐を名乗る男、そして初老の人物の向こうに控えるように立つ黒スーツ姿の女を見た。

たった今トラックを降りて、誘導されるように乗り込んで来た人影か。

女は髪をアップに結い、メタルフレームの眼鏡をかけているが、間違いはない――坪内沙也香によく似ている。妹の恵利華だ。初老の人物のそばに秘書然として控えている。

「ほかの視察団メンバーは？」

私は訊き返した。

客室の後方には、背広姿のレンジャーたちが遠巻きにするように立ち並んでいる。だがそのほかに民間人らしい姿は無い。

「まだトラックの中ですか」

「ほかのメンバーは、すでに鉄道でソウルへ脱出させた」

初老の人物は言った。

「いいから、離陸の準備にかかりたまえ」

（……!?）

どういうことだ。

眩暈《めまい》に似た感覚を覚えた。ほかのメンバーは、すでに脱出させた……？　鉄道での脱出も出来たのか。救出に飛んで来たのではないのか。

軟禁状態にあるというから、救出に飛んで来たのではないのか。

のか……!?

思わず、鍛治に訊こうと目で探すと、姿が無い。坪内沙也香も姿が見えない。

どこへ行った。

私は素早く右の窓際へ寄ると、シェードを半分上げ、外を覗《のぞ》いた。

後部貨物室の横へ、ローダーに載せられてコンテナが引き出されている。

客室内の角度からは、後方の様子の全貌は見えない。多くの戦闘員たちが群がり、ローダーに載せられた状態でコンテナが蓋を開かれ、何か作業が行なわれる。

（何をやっているんだ……!?）

キム上佐と名乗った幹部の言葉では。ここへ迫撃砲を撃ち込んだグループは制圧したというが――

鍛治と坪内沙也香は、外で行なわれる荷降ろし作業を止めるよう、要請しに出て行ったのだろうか。

しかし、見ていると戦闘員たちの群れは動き続けている。コンテナの上蓋を閉じ、この機の後部貨物室のスペースへ再び納めようとする。

逆さにした台形の影が、スライドする。

「コンテナは捨ててくれ」

私は、キム上佐に言った。

「収納せずに捨ててくれ。ただちに後部貨物室扉を閉じる」

だが
「それは出来ん」

遮って言ったのは、初老の人物——恩田啓一郎だ。

前にTVの経済番組か何かで、見かけた通りの語り口だ。

「あれには貴重な製品サンプルを積む。置いて行くわけにはいかん、持ち帰る」

「しかし」

野戦では、敵陣へ迫撃砲を撃ち込み、第一の打撃を与えたら、間髪をいれずに雌伏している別の部隊が襲いかかる。それがセオリーだ。

キム上佐が、知らぬわけはない。

「一刻も早く、ここを離れる必要がある。あなたと」私は恩田啓一郎と、脇に控える女性秘書を見た。「そこの秘書の人。そのほかに視察団のメンバーが残っていないなら、すぐに機を出したい」

「その気持ちは私も同じだ」

恩田啓一郎は、つぶやくように言った。

経済人はエネルギッシュだが、声のトーンが下がると、途端に老いた印象が増す。年齢はどのくらいだろう、八十を超えているだろうか。

「だが我々は、始末をつけなくてはならない」

「……?」

眉をひそめた時。

客室後方のタラップから、駆け上がって来る人影がある。鍛治と坪内沙也香だ。

鍛治は息を切らし、背広姿のレンジャーたちが注視する中、恩田啓一郎へ駆け寄ると一礼した。

「会長、積み込みは終わりました」

「よし」

初老の人物がうなずく背後から、今度は黒い群れが駆け上がってきた。武装している。戦闘服の一団だ。重い装備のせいで足音が床に響く。

(……⁉)

人数を数える。七名。

客席のシートの間に立つ背広姿のレンジャーたちが、油断ない目つきで注目する。

戦闘員たちの手にする銃器は、陸自の訓練で一度見たことがある。VZ61――チェコ製のサブマシンガンか。最精鋭の装備だ。

七名の先頭に立つ戦闘員がキム上佐に向かって敬礼し、何事か報告した。朝鮮語だ。キム上佐もうなずき、何か指示をする。

私はその様子を注視した。言葉は分からないが——かえって生の緊張感は伝わる。戦闘員の声は、迫撃砲の着弾する中を作業したせいなのか、緊張のあまり上ずった感じだ。

（……!?）

違和感を持った。

何だ——

その正体がすぐ分かった。横から見る、戦闘員の銃だ。左肩から掛けているが、細長いグリップの根元のセーフティ（安全装置）が外れている。それが目で見て分かる。

北朝鮮軍では、上官へ報告をするときに銃の安全装置を掛けないのか……？

（しかもセレクターがフルオートじゃないか……？）

不審に思い、眉をひそめたのだろう。通路の向こうで坪内沙也香が、私の目つきを読み取り、みずからも素早く周囲の戦闘員たちの手元に眼《め》を配った。その顔が「おかしい」という表情に変わる直前。

「천주《チョンズ》！」

目の前の戦闘員が叫ぶと、キム上佐に銃口を押しつけるようにして発砲した。フルオート射撃。暗色の軍服がのけぞって吹っ飛ぶ。

同時に通路にいた六名も左右へ銃口をスイングさせるが、銃口が火を噴く前に背広のレンジャーたちが一斉に床を蹴って襲いかかる。

「くっ――!」

破裂音と打撃音の中、私はキム上佐が倒れた後の空間を跳び、叫びながらこちらへ銃口を向ける戦闘員に襲いかかった。マシンピストルを人間に押しつけてフルオート射撃などすれば、返り血と硝煙で射撃手は一瞬、何も見えなくなる。私は見当違いの角度に振られる銃身を右手で摑み、左肘を思い切り戦闘員の喉に打ち込んで瞬間的に呼吸を止め、そのまま通路へ押し倒した。銃を奪い、台尻で思い切りヘルメットの下のこめかみを打って、とどめを刺す。

だが

(恩田会長……!)

初老の人物は茫然《ぼうぜん》と立っている。その向こうで、レンジャーに取り押さえられる黒戦闘服の一人が、振り回した銃口を向けて来る。引き金が絞られる。まずい……!

私は床を蹴って跳ぼうとした。間合い一メートル半、引きずり倒してでも伏せさせなければ――!

(くそ、間に合わ)

その時、眼鏡の女が座席の陰から跳び出すと、恐ろしい疾《はや》さでプロレスのラリアートのように老人の頭をひっかけ、引き倒した。一瞬後、その頭のあった位置を赤い閃光の鞭《むち》が通過した。

戦闘はものの三秒か、四秒だった。ふいに破裂音と打撃音は止《や》む。しかし赤い非常灯の下は、硝煙で何も見えない。

「レンジャー、点呼っ」

やむを得ず私は怒鳴った。

「無事な者は応えろ」

すると
「レンジャー」

「レ、レンジャーっ」

煙の奥から、次々と叫び声。

レンジャー資格を持つ隊員たちは『レンジャーであること』がみずからの誇りであり、過酷な訓練のさなかでも「了解」の代わりに「レンジャー」と返事をする。

私が「レンジャー、点呼」と叫んだのは、短い言葉の中に「自分もレンジャーであり、ここからは俺が指揮を取る」という意味が含まれる。

続いて
「倒した人数を申告」

私が大声で命ずると、すぐに「一名」「一名っ」と煙の向こうから声が応える。

這った姿勢のまま勘定し、全部で七名、確実に敵を倒したと判断すると「よろしい、総員立て」と指示した。

4

「倒した戦闘員を、蹴飛ばして放り出せ」

私は、きな臭い赤い煙の中、レンジャーたちに指示した。

「ただちに離陸するぞ」

「レンジャー」

「レ、レンジャーっ」

こちら側は、何人かやられたか――!?

分からない、視界も利かない。

「鍛治さん」

私は続けて、非常灯で赤く染まった硝煙の中を呼んだ。

「アフター・カーゴは閉まっていますかっ」

「大丈夫だ」

すぐに声が応えた。

「後部貨物扉はクローズさせた。搭載車両も下がらせた」

「すぐに離陸します」

言うが早いか、私は踵を返すと煙る通路を機首方向へ駆けた。

コクピットへ。

扉は、先ほど私が開いたままだ。

だが足を踏み入れると。

「う」

銃口を向けられる気配に、思わずのけぞった。

誰かがいる。

(……!?)

操縦席は、わずかな計器の灯の照り返しだ。硝煙は侵入していないが、前方視界は真っ暗なままだ。その中に、右側シートに収まったシルエットが一つ。上半身をこちらへ向け、跳び込んだ私の顔に両手で拳銃をポイントしている。

(——女!?)

ボブカットの髪。鋭い切れ長の目がこちらを見据えている。

手にしているのは、シグザウエルＰ２２８。

いつの間にここへ……!?

睨み返すと
「——良かった」

坪内沙也香は、つぶやくように言い、両手でホールドしていた拳銃を下ろした。

「敵兵が来たら撃つつもりだった」

「そうか」

私はうなずくと、左側シートへ滑り込んだ。

人民軍偵察総局の高級将校を撃った戦闘員たち――内部抗争か反乱なのか知る由もないが――あの中の一人にでもコクピットを占拠されたら、手も足も出ないところだった。坪内沙也香の判断と行動は、的確だ（彼女がいつの間にコクピットへ戻ったのか、私にも分からなかった）。

余計な会話を交わす暇はない。私は着席すると同時に、オーバーヘッド・パネルを一瞥《いちべつ》する。操縦席の頭上に覆いかぶさる計器パネルの右端、さっきまでオレンジに点灯していた後部貨物扉の状態指示灯がグリーンに変わっている。

鍛治の言葉の通りだ。外側からの操作で、貨物室扉はクローズさせられている。恩田啓一郎が持ち帰りに固執した製品サンプルも無事に収納されたのだろう。

『瀬名、鍛治だ』

機内放送のスピーカーから声。

『今、後部にいる。敵の戦闘員を残らず蹴り出した。乗降ランプを上げて収納する』

鍛治は、情況を私に知らせるため、後部ＣＡ席にある機内放送マイクを使ったか。

私もヘッドセットを頭に掛け、通信コントロール・パネルの送話選択スイッチを〈ＣＡ

BIN〉にする。

「了解です、すぐに発進する」

もう一つ、オレンジに点灯していた後部乗降ランプの状態表示灯が、明滅してグリーンに変わる。

よし。

「全員、着席してベルトを――」

だがヘッドセットのマイクに言いかけ、私は思い出した。

吉本准尉は……？

戻っているのか。

「客室」もう一度、機内放送に言った。「吉本准尉が戻っているかどうか、知らせてくれ。機内放送でも直接でもいい」

機首の前方を塞ぐように駐《と》まっていたあの軍用車両――大型ジープに相当する車両を、どかさなくては発進出来ない。青年レンジャーは、そのためにコクピットの右側窓から飛び下りて行った。

あれから三分も経《た》ってはいないが――首尾よく行ったならば、たぶん彼は後部乗降ランプへ走り、機内へ戻っているはず……。

（いや）

責任感のあるレンジャーのリーダーだ。車両の除去に成功したならば、乗り込み次第、私に必ず何か言うはず。

嫌な予感に、思わず右手を頭上パネルに伸ばしていた。灯火を点《つ》けるのは好ましくないが仕方ない。着陸灯のスイッチを叩くように入れる。

「⁉」

「……！」

息を吞んだのは。右席につく坪内沙也香と、二人同時だった。

真っ白い光芒に、染められるように浮き上がったのは暗色の軍用車両だ。横向きに駐まっている。動いていない。そして——

（吉本准尉……！）

車両の運転席の扉が大きく開き、その手前のコンクリート舗装面に人影が倒れている。大の字になって、三つ——

「う」

隣で坪内沙也香も声にならぬ声を上げた。

倒れているのは、スーツ姿の吉本准尉と、戦闘服姿が二つ——二名の人民軍兵士は別々の向きに大の字になって倒れ、それぞれの手にマシンピストルが握られている。吉本准尉とぶつかり合ったような位置に倒れる一名の腹部に、小型の斧が突き刺さっている。

相打ち……⁉

銃の発射音に気づけなかったのは、さっき機内でも戦闘があったためか。

「くそっ」

そこへ
「瀬名、早く出せ」

コクピットの扉をくぐって鍛治が駆け込んで来た。

「坪内恵利華があぶ――おぅ」

鍛治も何か言いかけたが、前方の光景が目に入ったのか、唸った。

訊かれるまでもない、滑走路へ続く誘導路の中央を、車両は横向きに塞いでいる。

「出られんのか」

吉本准尉は運転台の二名の兵士を失神させるなどして、車両を移動させようとしたのだろうが――

「いい、俺が行く」

「鍛治さん⁉」

私は、自分が言い出す前に鍛治が同じことを口にしたので、思わずその横顔を見た。

だが私が言葉を続ける前に
パパパッ
右側のサイド・ウインドーの闇で、白い閃光が瞬いた。乾いた発射音が断続する。

銃撃戦……!?

機体の右横に並んだ車列の向こう側だ。

「ドンパチが始まった。俺が車両を移動させる。下のMECから出る」

言うなり鍛治は、コクピットの中央後ろの床に埋め込まれた赤いハンドルを摑み、持ち上げる。

鍛治の言うMECとは、床下電子機器室だ。通信・航法に関わる電子装備を始め、フライトマネージメント・コンピュータの本体もすべてコクピット床下のコンパートメントに収められ、強制的に冷却されている。電子機器室には、地上から整備員が直接出入りできるよう、機首下面に専用の気密式ハッチが設けてある。梯子《はしご》がなくても乗降が可能だ。

「鍛治さん、俺が」

「馬鹿」

私が言うのを遮って、鍛治は頭を振った。

ハンドルを摑んで、引き起こす。アルミ合金の床面が、四角く切り取られた蓋となって持ち上がり、床下への入口が開く。

「いいか。後ろのレンジャーたちには言うな。『副リーダーの遺骸を回収する』とか言って騒ぎ出すと面倒だ」

「しかし」

「瀬名」鍛治は私をちらと見た。「この機を無事に日本へ持ち帰れるのは、お前しかいない。俺ではブランクが長すぎる」

「――――」

「頼むぞ」

鍛治は言うなり、床面の開口部へ身体を滑り込ませる。床下へ潜る直前、「そうだ」と坪内沙也香へ告げた。

「君の妹が、さっき会長をかばって銃弾を受けた。レンジャーたちが介抱している」

「……!?」

「行ってやれ」

鍛治は床下へ消えた。

確かに、床下電子機器室の整備用ハッチを使えば、ただちに機首下面から誘導路の地面へ出られる。前方の軍用車両へはすぐだ。

「後ろへ行って、妹の手当てをしてやれ」私は右席の沙也香に言った。「医薬品の入ったドクターズ・キットの収納場所は分かるか」

「CA用のマニュアルは読んだわ」

「遠慮するな、行け」

促すと、坪内沙也香は一瞬目を伏せたが、無言で立ち上がった。

その向こうでまた閃光が閃き、乾いた銃声が響く。

車列の向こうで撃ち合っている。いったい、どの勢力とどの勢力が戦っているのか、私にはわからない。人民軍の戦闘員たちがなぜ上官を撃ったのか、それも――

（――！）

考えを遮るように、コクピットの下――機首の真下から駆け出る影が目に入った。鍛治の背中だ。前方へ進む。

頼む……！

目で追うと、軍用車両の運転台の扉は大きく手前へ開かれている。吉本准尉は扉を開かせ、内部の兵を外へ引き出すことはしてくれたのだ。鍛治が地面を蹴り、運転席へ跳び込む。

私は両足をラダーペダルに載せ、力を掛ける。踏み込む用意をする。車両が動いたらただちにパーキング・ブレーキを外して機体を前へ出すのだ。鍛治ならば、車両を移動させた後、走り出した機首の下面ハッチに跳びついて乗り込むのは難しくないはず。

着陸灯の白い光の中、軍用車両がエンジンを始動し、身じろぎする。

こんな真っ暗な中で強力なライトをつけていたら目立つ。動かないでいるのは危険だ。誘導路がクリアになったらすぐに消すつもりで、頭上パネルの着陸灯スイッチにも右手を掛ける。

（動いた）

クラッチのミートが悪いのだろう、大型ジープは尻を振るようにして、跳ねるように前進した。

それを目で確かめると、私は右手で着陸灯を消し、両足でパーキング・ブレーキを踏み込んでリリースした。ぐん、とのめるような感じ。前方視界が真っ暗に戻り、一瞬、何も見えなくなるが右手でスラスト・レバーを掴むと数センチ前へ出し、勘で機体を前進させる。

(乗り込んでくれ、鍛治さん)

その時
どこか横の方でドンッ、というくぐもった衝撃音がした。思わず目をやると、真っ赤な閃光とともに車列のトラックの一台が、跳び上がるように爆発する。

(――RPGかっ……⁉)

今、頭上に迫撃砲弾の飛翔音はなかった。ということは迫り来る勢力が、近距離から歩兵携行式対戦車ロケット砲――RPG7と呼ばれる肩に担ぐ小型ミサイルを放ったか⁉

一撃でトラックを爆破する威力を持つものは、それしか――

そう思いかけた時
シュルッ、と横向きに何かが飛翔する気配がして、今度はコクピット右側面の窓の向こうで閃光が炸裂した。

「……⁉」

反射的に、ブレーキを強く踏み込んで機の行き脚を止めた。三〇メートル横、跳ね飛ぶように爆発し、宙で回転しひっくり返ったのは屋根付きの大型ジープだ。たった今、鍛治が運転して誘導路から出した――

「――か」

鍛治さん……!?

危険。

私の右のこめかみに、錐《きり》を押しつけるような〈圧力〉が襲った。

何か来る、危険――!

「くっ」

とっさに、私はブレーキを踏み込んだまま二本のスラスト・レバーの前へ手をやると、リバース・レバーを引き起こした。逆噴射。

エンジンに逆噴射をさせるリバース・レバーはスラスト・レバーと一体になっており、普段は前方へ畳まれている。スラスト・レバーをアイドルの位置に絞った状態で、摑み上げて引き起こすと、双発のエンジンは噴流角度を強制的に曲げるスリーブを開き、逆噴射を開始する。

ブレーキを放す。機体は巨人の手に引き戻されるかのように、後ろ向きに動き出す。飛行機はバックするように出来ていない、前輪が浮き上がって不安定な感覚がするのと、コクピット前面窓のすぐ前を火の矢のような物体が右から左へ通過するのは同時だった。

ヴンッ

（!?）

衝撃波が窓を叩く。たった今、コクピットのあった位置をロケット弾らしきものが飛び抜けた。

〈圧力〉の正体は、これだったか……!?

リバース・レバーを叩きつけるように戻す。機体の右横では、さらにもう一台のトラックがロケット弾の直撃を受け、跳ね上がるように爆発する。やはり、地面に片膝をついた歩兵が発射しているのだ。トラックを飛び越して、この機体を狙うことは出来ない。

轟火《ごうか》が上がり、車列全体が燃え始める。炎と煙の壁が出来つつある。エプロン側から攻撃して来る勢力には、この機体が一時的に見えなくなっただろう。暗視ゴーグルを使っていた者は、眩しさのため外さなくてはならない。ここを離脱するチャンスは、ただ、この今しかない──

「──！」

私はもう一度、リバース・レバーを引き上げると、全開にした。

後ろ向きに動き出す。右の側面視界は、完全に炎の壁だ。

「間もなく離陸する」

私は操縦桿のマイク・スイッチを握り、機内放送に告げた。

「立っている者は座って、ベルトを締めろ」

「どうやって出すの」

声がして、女が戻ってきた。

右席へ滑り込み、後退している視界を見渡す。

「バックしているの？」

「そうだ。君の妹は？」

「危ない。出血は止めたけど」

「このまま後ろへ下がって、誘導路から離陸する」

「――!?」

坪内沙也香が、私の横顔を凝視するのが分かった。

「誘導路から？」

「もう少し下がれば、長さはどうにか足りる。足りなくても前方は海だ」

私は飛行場の平面の配置を、頭に呼び起こす。

海からストレート・インで進入して着陸し、滑走路を終点まで走ってから一八〇度ターンするように並行誘導路へ入った。ターミナルのエプロンのある位置から、三〇〇メートルも後退して戻れば――少なくとも前方に八〇〇メートルの誘導路がある。

ちらと頭上パネルを見やる。

機首下面のＭＥＣハッチが開いたままになっていることを示す、オレンジの警告灯。

鍛治さん……。

「手伝ってくれるなら」私はリバース・レバーを戻しながら言った。「ベルトを締めて、合図したらそこの着陸脚レバーを上げてくれ」

「社長は？」

「やられた。おそらく――」

だが頭上のオレンジの警告灯は、瞬くとグリーンに変わった。MECのハッチが、誰かの手で閉められ、気密ロックがかかったのだ。

「――いや大丈夫だ、社長は戻った」

鍛治は間一髪、大型ジープを跳び出していたか。後退するこの機の機首に走って追いつき、下面のハッチに取りついて乗り込んだのだ。

警告灯がグリーンに変わったのがその証拠だ。

「行くぞ、ベルトを締めろ」

5

「離陸する」

私は両足を慎重に踏み込み、後進する機体にブレーキをかけた。逆噴射をやめても、まだ惰性で機体は後方へ動いている――急に制動をかければ機首は持ち上がり、下手をすると尻餅をつく。

ぐうっ
やはり、主車輪が止まろうとする瞬間機首は持ち上がり、コクピット自体が数メートルも浮き上がる。

「くっ」

私は二本のスラスト・レバーを前へ出し、前進推力をかけた。機体の後退は止まり、浮き上がっていた機首が徐々に下がる。完全に止まると、今度は急に、機首は地面に叩きつけられるように落下した。

突き上げられるような衝撃に、隣で坪内沙也香が「きゃ」と声を出す。

「このまま、出るぞっ」

私は今度はブレーキを両足で強く踏み、MD87をその場に止めると、二本のスラスト・レバーを一杯に前へ押し出した。

止まったまま、機体は今度は尾部を振り始める。暴れ牛が駆け出そうとして、ロープに引き止められもがくような感じ。

N1回転計を見やる。左右のエンジンとも、アナログ式の針が一杯に振れて一〇〇パーセントを超える。構わず、メカニカル・ストップにカチッと当たるまでレバーを出す。

「つかまれっ」

前方へ伸びる誘導路。路面に灯火は全く無い。右手をスロットルから離し、着陸灯を点けようとして、やめる。右側の火の壁のお陰で何とか前方は見える。行ける……！

両足から力を抜き、ブレーキをリリースした。


途端に前方の景色が手前へ迫り、背がシートに押しつけられる。規定最大推力をオーバーしたフル・ブーストの加速は戦闘機並みだ。C1輸送機の一・五倍の推力重量比――たちまち真横を炎の壁が通過、腹を見せて炎上する大型ジープもちらっと見えたが、次の瞬間サイドウインドーの後方へ吹っ飛ぶように消えた。目の前が真っ暗になる。

勘で機を直進させる。速度計が一〇〇ノット、一〇五、一一〇――

失速への余裕は持っていられない、一一五ノットですかさず操縦桿を引き起こす。

「ギアを上げろっ」

機首が上がり、主車輪が浮くのと、海岸線に張られた鉄条網のフェンスらしきものが目の下を通過するのは同時だった。機首を上げ過ぎては駄目だ、ピッチ角一〇度。

右席の坪内沙也香の操作で、着陸脚が上げられる。

空中に浮いた――！　操縦桿をやや押し、ピッチを七度まで下げ、海面すれすれをほとんど水平のままで速度をつける。電波高度計の指示が現れる。二〇フィート――海面上六メートルだ。

「フラップを上げる」

風切り音の中、私は左手で海面上超低空を保ったまま、右手をセンター・ペデスタルの向こう側へ伸ばしてフラップのレバーを操作する。主翼の後縁に展張していた下げ翼――高揚力装置を、段階的に上げていく。

油圧の働きでフラップが収納され、操縦桿の手応えが軽くなり、主翼がたちまちクリーンになる。アナログ式速度計の針が『二五〇』を超える。二六〇、二七〇――

スラスト・レバーを掴み、最大推力を出している左右のエンジンを、わずかに絞る。

回転計の針を、一〇〇パーセント以下に――このタイプの大型機用ジェットエンジンの連続最大出力運転には、タイムリミットがある。マニュアルで覚えたが、確か五分間だ。それ以上、フル・ブーストで噴射し続けると、熱と圧力で爆発してもメーカーに文句が言えない。

勢いはやや弱まるが、加速は続く。三〇〇ノットを超える。さらに加速。

もうＭＤ87は、北朝鮮の海岸線を遥《はる》か後にし、日本海の海面上を時速六〇〇キロ以上で突き進んでいる。

まだしばらくは、このまま超低空だ……。

操縦桿を動かさずに思った。

飛行場での銃撃戦……。

どんな勢力が、飛行場を襲い、偵察総局の幹部などを殺し、この機体を破壊しようとしたのか。

理由も目的も分からない――

北朝鮮の軍部の中に、この機を破壊しようとする勢力がいるのなら、防空レーダーにも映らない方が賢明だ。

（――――）

ふと横を見ると、坪内沙也香は右側操縦席で、前方の暗闇を睨むようにして唇を噛《か》んでいる。

「これからしばらく、独りで大丈夫だ」

私は沙也香に言った。

「後ろへ行って、君の妹を」

その時
背後で音がした。

金属の蓋が、下側から勢いよく跳ね上がる気配。

床下コンパートメントから誰かが上がって来る。

「鍛治さん」

姿勢儀から目が離せないので、私は背中へ言う。

「ようやく離――」

だが背中の気配に異和感を覚えるのと、右席から坪内沙也香が唸りをあげて跳び出すのは同時だった。

操縦席のすぐ後ろで、何かがぶつかり合う響き。硝煙の臭い。

(!?)

ちらと背後に目をやり、息を呑《の》んだ。

黒戦闘服の男と、坪内沙也香のCAの制服がぶつかって絡み合っている。いや、沙也香の細身が、さば折りのように男の両腕に締め上げられ、のけぞってもがく。そり返った顔に血走った眼。

戦闘員……!?

外へ蹴り出したはずの、戦闘員の一人か!?　沙也香の右手から拳銃がもぎ取られる。泥だらけの戦闘服は、大男だ。朝鮮語で何かわめきながら、もぎ取ったシグザウエルを私の頭へ向ける。引き金が引かれる。

「――くっ」

とっさに、前に向き直り両手に握った操縦桿を引いた。思い切り引いた。

眼前の暗闇が瞬時に下方へ流れ、機首が上がる――四〇〇ノット近い前進速度が機首上げ操作で位置エネルギーに変わり、機体は吹っ飛ぶように上昇した。

パンッ

床へ叩きつけられるようなプラスGに、座席についていても一瞬、呼吸が出来ない。

頭のすぐ後ろで拳銃が発火したが、銃弾はずっと下——操縦席の脇のアルミ合金の床をえぐった。凄《すさま》じい下向きGで、銃口が下がったのだ。

女の気合いのこもった叫びが、すぐ後ろでした。同時に骨を打つような響き。銃の反動で戦闘員の体勢が崩れたか……？　だが屈強の男は沙也香の反撃にひるまぬ様子で、叫び返しながら激しく動く。「ぎゃっ」と女の悲鳴。

私は、前方へ向いて操縦桿を引き続けるしかない。すでに機首姿勢は垂直に近い角度まで屹立《きつりつ》し、速度は急激に減っている。このまま、宙返りに入れるしかない。いま万一操縦桿を放せば——

だが次の瞬間。

がしっ
男の荒い息とともに、背後から首を絞め上げられた。凄じい膂力《りょりょく》……！

「う——！」

息が出来ない。目の前が白くなる。戦闘員は操縦席のシートの背後から私の首を羽交い絞めにしている。沙也香は……!?　倒されたのか!?

(く、くそっ)

呼吸が止まる。目が見えない。頭の真上に、刃物のような物体が振り上げられる気配。

ナイフか？　まずい……！　私はやむを得ず、操縦桿を突き放す。

途端にすべてが浮き上がる。Gが抜ける――MD87は、垂直に近い姿勢でコントロールされなくなり、宙返りを止めた。細長い機体はへさきを天に向けたまま空中に止まろうとする。

無重力。

「뭐《ム》、뭐《ム》이《イ》네《ネ》⁉」

訳が分からない、という意味か、悲鳴を上げて戦闘員の巨軀が天井へ持ち上がる。浮き上がる――頭のすぐ上を刃が空振りした。戦闘員は私の首をヘッドロックのように締めていたから、腕を支点にして宙に逆立ちのようになる。締め上げる力が緩む。

（い、今だ）

見えない目で前方を探り、操縦桿を摑むと引き、同時に右足で右ラダーを思い切り踏み込んだ。

グルッ

暗闇の天空が回転した。コクピットが軸廻りに三六〇度、まるで乾燥機のドラムのように廻った。それだけでなく、回転しながら落下し始めた。無重力――戦闘員の手が私の頭を摑み損ね、宙へ吹っ飛んだ。操縦席でベルトを締めている私だけが浮き上がらず、ほかの固定されていない物は書類も拳銃も人間も宙へ舞い上がり、かき回された。

（――スピンかっ。くそ……！）

女の唸り声が背後でした。再びぶつかり合う音。今度は男の「ぐわっ」という悲鳴。

私は背後を振り向けない。こんな大型機でスピン――錐揉《きりも》みをやったことなどない。シミュレーターの『慣らし』でも、スピンまでは試していない。

「くっ」

さっきの宙返りの前半部分で、どのくらい高度を得ていたか――？　海面までの余裕はどれくらいだ。気圧高度計の針はクルクル回転して読み取れない、戦闘員の拘束を脱するため故意にスピンに入れたが、回復出来なければ海面に激突して終わりだ……！

（旋転は右――左ラダーだ！）

自分に言い聞かせるように、機体の回転と逆方向のラダーを踏み込む。操縦桿を、前へ押し込む。パワーは……⁉　エンジンは、まだ廻っているか。

ゴォオオッ
軸廻りの回転が、止まる。だがまだ真っ逆様の急降下だ、無重力状態は続く。

背後で女の「ハウッ」と気合いを込めた叫び。打撃音とともに、何かがコクピットの天井にぶち当たる響き。だが戦闘員の「죽으라우《ジュグラウ》!」という絞り出すような声がすると、再び女の悲鳴が響く。錐揉みからの回復操作中だ、後ろは振り向けない。沙也香は危ないのか……⁉

「Gをかけるぞっ」

私は叫んだ。

「つかまれ」

言うが早いか、機首下げで速度のついた機体を引き起こすべく、操縦桿を引いた。

途端に下向きGがかかり、通常の重力の何倍もの力がいきなり加わって、宙に浮いたすべての物体を床面に叩きつけた。

ザクッ
嫌な感じの響きがして、戦闘員の声が聞こえなくなった。

私は操縦桿を引き続ける。座席に押しつけられるGに、歯を食い縛る。凄じい風切り音とともに機首が上がる。

ざぁああっ
目の前を、何か黒い壁のようなものが下向きに激しく流れた――そう感じた次の瞬間、姿勢儀に水平線が現れた。水平姿勢――

水平になった。操縦桿を引く力を緩める。身体が浮くようにGも抜ける。

「――はぁっ、はぁっ」

激しく呼吸しながら、コントロールパネルに手を伸ばし、自動操縦を入れる。

水平飛行。

双発のエンジンは廻っていてくれた。スラスト・レバーで巡航推力に絞る。エンジンも燃料も、もたせなければ。

高度は、海面すれすれから引き起こして、現在五〇〇フィート。これでは防空レーダーに映ってしまうだろうが、頭が酸素不足でくらくらし、手動で超低空飛行が出来そうにない。旅客機のオート・パイロットは海面上超低空を飛べるようには出来ていない。

(やむを得ん)

どのみち、今の『急上昇』で北朝鮮のレーダーにははっきり映ったはずだ。それも、かなり目立つ飛び方だった。

「――大丈夫か」

ようやく、後ろを振り向く。

坪内沙也香が、俯《うつぶ》せの戦闘員に馬乗りになっていた。戦闘員の腹部に、持ち上がって開いた床面の蓋が突き刺さっている。

「わたしに刺さっていたかも知れない」

沙也香は呼吸を整えながら、動かない戦闘員の背から立ち上がる。

「一つ間違えば」

「そうか」

「これで、帰れるの」

「多分な」

私は、操縦席のコンソールに向き直ると、自動操縦のコントロール・パネルで針路指示のつまみを回した。右方向へ――

機を旋回させる。

（――鍛治さん）

機がゆっくりとバンクを取るのを見ながら、思った。

鍛治さん、あの大型ジープとともに燃えてしまったのか……⁉

唇を噛んだ。

分からない。

開いたままの機首下面ハッチに飛びつき、内部へ侵入してきたのは黒戦闘服の戦闘員だった。おそらくレンジャーたちが後部乗降ランプから蹴り出した中に、生き残っていた者がいた。後退する機首の下面に入口を見つけ、とっさに飛びついて乗り込んだか。

俺はそれを、鍛治さんが戻ってくれたものと勘違いして……。

（――――）

悔やんでいる余裕はない。

今はこの機を、無事に日本へ帰さなければ。

「こちら、機長だ」

私は機内放送に告げた。

「負傷者の数と情況を報告」

レンジャーたちにも、どのくらいの損害が出たのか。まだ把握はしていない。沙也香の妹――女性秘書に扮《ふん》したNSC工作員が銃弾を受けた、ということだけだ。

今、あれだけのマニューバーをした。高齢の恩田啓一郎氏は無事だろうか。

五〇〇フィートを保ち、機はゆっくり右方向へと回頭する。機首方位一七〇度へ。

『機長へ報告』

機内放送に、声がした。

『五島《ごとう》一曹以下、隊員九名生存、重傷一、軽傷八。ほか、民間人女性一名が重傷』

「分かった」

私はマイクに応える。

「負傷者の処置を続けよ。五島一曹、頼む」

『レンジャー』

「このまま、山陰の海岸線へ向ける」

私は沙也香に言った。

「燃料が尽きる前に、何とか島根県の美保基地へ辿《たど》り着けるはずだ」

本来ならば、G訓練空域で『身代わり』をしてくれている小松救難隊のU125と再び入れ替わって戻る手はずだが――もう燃料が少ない。無理だ。

「着陸まで、どのくらい？」

「三〇分というところだろう」

「追手は」

「分からない」

私は頭を振る。航空図を目で探すが、地図はどこかへ舞い飛んでしまった。

現在位置はＦＭＳのＣＤＵ画面に、緯度と経度の数字の列で表わされているが……

「後ろへ戻る前に、手伝ってくれないか」

私は坪内沙也香に頼んだ。

「右席について、ＦＭＳのＣＤＵに目的地を打ち込んでくれ。『ＪＥＣ』というポイントだ。それで美保基地へ向かえる」

女はうなずくと、裂けたスカートを押さえながら副操縦席に滑り込んだ。

私は操縦桿を握ると、自動操縦を解除する。

もう呼吸は戻っている。電波高度計のデジタル数値を見つつ、機をゆっくりと海面すれすれまで降ろして行く。

「もうじき、日本の防空識別圏に入る。この機を追撃する戦闘機が出現すれば、本州方向へ接近する国籍不明機として、空自がスクランブルをかけるはずだ」

「でも、小松から上がったところで、間に合うのかしら」

「――」

それは、そうかも知れない。

「とにかく、超低空で美保へ向かう。俺は前を見るから、ＦＭＳを頼む」

高度五〇フィート。

真っ暗で分からないが、昼間ならば前方から足下へ呑み込まれる、猛烈な海面の動きがすぐ下に見えるはずだ。

暗黒の水平線の左方向に、ポツポツと白い光点が散っている。漁火だ。あちらへは近づかない方がいい――操業する漁船の上には、魚を目当てに夜でも鷗《かもめ》が舞い飛んでいる。

「邪魔してもいいかね」

背後で、声がした。

DEATH FROM ABOVE

CHAPTER-3 高空の死神

RAVEN WORKS

1

「邪魔してもいいかね、機長」

嗄《しゃが》れた声は、独特の存在感だ。

機内は後部からのエンジン音と、与圧系統の空気の流れる音で、ノイズレベルが高い。

その中で、かすれたような声でありながら不思議にはっきり聞き取れる。

あの老人か……。

「振り向けませんが、どうぞ」

私は操縦桿《そうじゅうかん》を握ったまま、うなずいた。

たった今、機内放送で被害状況の報告を受けたところだが――一番心配だった老経営者が、自分から歩いてコクピットへ来た。

だが
「鍛治はどこだ」

背中から訊《き》かれると。

「――――」

私は、絶句するしかない。

床には、黒戦闘服の男が倒れたままだ。

空気を読み取ったのか、老人の声は「そうか」とうなずいた。

「――社長は」

私は前方の暗黒を見つめたまま、告げた。

「この機を離陸させるため、外へ出たのです。収容出来なかったのは私の」

「そうか」

「他に、陸自の隊員が二名です」


あの片岡二尉も、この救出飛行計画の犠牲になったことに変わりはない。

ついさっきまで『戦場』から離脱するのに精一杯で、考える余裕も無かったが……。

（いったい）

いったいあそこで、何と何が戦っていたのか。

なぜこの機は狙われたのか。

偵察総局の高級将校に、配下のはずの特殊部隊チームが発砲した。なぜか。

何が起きていた……？

いや、それよりもＮＳＣはなぜ、この機を無理やり飛ばしたのか。工業団地視察団メンバーの多くは、鉄道で韓国へ脱出したという。恩田会長と秘書の恵利華も、鉄道での脱出が可能だったのではないのか。

その情報が、東京へ届かなかったのか……？

「尊い犠牲を払ったな」

老経営者は、息をついた。

「座ってもいいかね」


坪内沙也香が副操縦席を立ち、床の戦闘員を蹴りどけると、老経営者のために折り畳み式のオブザーブ・シートを出した。先ほど、片岡二尉が座っていた椅子だ。

「君と恵利華は双子かね」

「はい」

「なるほど似ている」

「――――」

「あの娘は」老経営者はまた息をついた。「このような老いぼれの代わりに、銃弾を受けてしまった。無駄なことをさせた」

「任務です」

「何とかして助けたい」

私はその会話を聞きながら、声を出したいのをこらえた。

あなたが、〈製品サンプル〉とやらを積み込むのに固執しなければ――その言葉が喉元まで出かかった。

尊い犠牲……？

何とかして助けたい……？

操縦桿を握りながら、唇を噛《か》んだ時。

「君が瀬名一輝か」

ふいに恩田啓一郎は私の名を呼んだ。

眩暈《めまい》に似た感覚。

なぜ、俺の名を……？

「萬田が言っていた。使える人材だ。その通りのようだな」

「……？」

「瀬名君」

「……はい」

「軍人に求められる強さとは、何だと思うね」

何を訊くのだ。

軍人……？

「いいかね。軍人に求められる強さとは」

老経営者はオブザーブ席で続けた。

「私は戦時中は子供だったが、〈組織〉の前任者たちの多くは軍の出身だった。彼らが言う軍人の強さとは、窮地に陥った仲間を救うため、危険に身を投じられることではない。必要ならば任務のため仲間を見捨てられることだ。周囲にも自分自身にも責められるが、それに耐え抜けることだ——君はその資質を備えているな」

「違います」

「そうかね」

「違う」

私は頭を振る。

「さっきは、私は社長を見捨てて機を出したのではありません。確かに脱出出来るチャンスはあの時だけだった——しかし見捨てたのではない、完全な勘違いです」

「そうかね」

恩田啓一郎は言葉を継いだ。

「しかし君は三年前にも、命令により部下を見捨てて殺したのではなかったかね」

「……!?」

私は絶句した。

息が、止まる。

——『引き返せ』

唐突に、脳裏に蘇《よみがえ》った声。

三年前、Ｆ15のコクピットでヘルメットの無線レシーバー越しに聞いた……。

――『シーサー・リーダー、交戦は許可しない、ただちに引き返せ』

「…………」

「操縦」

沙也香が言った。

「操縦して」

「く」

一瞬ふらついた機体の、操縦桿を握り直す。

いかん、超低空五〇フィートだ。

「萬田が」恩田啓一郎は続ける。「君を、三年間監視して調査し、〈巣〉《ザ・ネスト》に採用したいと上申して来た。ＮＳＣで雇う形にする。私は了承した」

「…………」

「日本版ＮＳＣと呼ばれるものは、最近になって我々の組織――〈巣〉《ザ・ネスト》の一部が、表に見える形になったに過ぎない。我々はずっと昔から活動して来た。戦前から、この国のために」

「…………」

「石原莞爾《いしわらかんじ》という人物を知っているかね」

「はい？」

「彼も〈巣《ザ・ネスト》〉のメンバーの一人だった」

何を話している……？

組織……〈巣《ザ・ネスト》〉？

いったい、何を指して言っているんだ。

「言われていることがよく」分かりません——そう言おうとした時。

左の耳に何かを感じた。また〈圧力〉のようなもの。

（……！）

思わず右手を上げ、会話を遮ると。

私は左方向へ視線を向けた。旅客機のコクピットだ。後方視界も上方視界も無い。

目では探せない。

気配で、感じ取るしか——

「……ベルトを締めて下さい」

私は背中へ言った。

同時に右席の沙也香へ「君もだ」と短く指示した。

「何か来るの？」

「分からん、しかし」

言い終らぬうちビリビリッ、と音とも震動ともつかないものが左後ろ上方から伝わり、背中に迫る。

何か来る。

ミサイルか……!?　いや違う、あれは疾《はや》い。気配を感じた瞬間には死んでいる――

追手か。

旋回するか……？

（いや）

勘は『そのままだ』と言う。

こちらを発見していない可能性もある。

動くな。

そのままだ。

ちらと頭上パネルを見やる。すべての灯火は消してある――追手が戦闘機だとしても、暗黒の海面に張り付くようなこの機体を、目視で見つけ出すのは困難なはず。レーダーにルックダウン能力のある第四世代戦闘機ならば別だが……。

来る。

ズグォッ
紅《あか》い焔《ほのお》の尾を曳《ひ》き、鋭いシルエットが頭上を追い越した。

(アフターバーナーか……!)

天井に爆音を叩《たた》きつけ、前方へ小さくなる。焔で一瞬、機体が見える。

胴体が細い。三角翼――

ミグ21だ。

追いつかれた。

見つけられたのか……⁉

さっき短時間でも、北側の防空レーダーに映ってしまった。位置に当たりをつけ、追撃して来たか。

やはり、この機を狙っているのか?

分からない。

(救出飛行を阻止したいなら、なぜさっき開城へ着く前に撃ちおとさなかった……?)

私の思考を遮るように
『――梟《ふくろう》より孔雀《くじやく》』

ザッ、というノイズとともに、天井スピーカーに声が入る。

『梟より孔雀。応答されたい』

「……⁉」

操縦桿を保持しながら、私は目を見開く。

日本語……!?

スピーカーに聞こえて来たのは、ややアクセントに異和感はあるが明瞭な日本語だ。

ミグ21の搭乗員か。

『曳き波が視認出来ている。これより真横へ行く』

無線のパネルを見る。二つのチャンネルの片方は国際緊急周波数に合わせてある。

曳き波……。

(しまった)

舌打ちする。

超低空で海面すれすれを飛ぶと、後方に白い波を曳いてしまう。この機体は大きいから
――

「彼と話せるかね」

背中で、老経営者が言った。

「あの戦闘機と話せる無線は」

「……はい？」

私は、一度前方へ追い越し、左手へ大きく弧を描いて行く気配を耳で追いながら一瞬、何を言われたのか分からない。

「彼は協力者だ、こちら側の人間だ」

こちら側……？

「標識灯を点《つ》け、編隊が組めるようにしてやれ」

「しかし」

「味方だ。話したい」

「……ではヘッドセットを」私は前方視界から目は離さず、右席の沙也香に促した。「会長に渡してくれ」

隣で沙也香がうなずき、右席にあった副操縦士用のマイク付きヘッドセットのコードを引っ張って伸ばし、オブザーブ席の恩田啓一郎へ手渡す。

私は頭上パネルへ手を伸ばし、ナビゲーション・ライトのスイッチを入れる。これで、右翼端に緑、左翼端に赤色の標識灯が点灯した。日本海の上空には雲海が広がり、満月の光を遮っている。海面近くは真っ暗闇だ。

（――――）

私は耳に神経を集中し、気配の動きを追い続ける。音が聞こえる、というのではない。物体が猛烈な疾さで空気を切り裂き運動している――大きく円を描き、この機体の真後ろへ再び迫って来る。

「――孔雀だ」

しわがれた声で、恩田啓一郎が話す。

「離陸には成功した。諸君らのお陰だ」

しかし

『紅龍派《こうりゅうは》は追って来ます』

急を知らせる調子で、無線の声が言う。

同時に

ドグォッ

（……！）

ミグ21のシルエットが再び真上に追いついて、覆い被《かぶ》さった。尾部ノズルから噴出する焔がフッ、と消える（アフターバーナーを切った）。

『会長。奴らはミグ29を使います。うち一機が、こちらへ間もなく追いつく。プランCに従い、回避して下さい。自分が合図します』

「了解した」

恩田啓一郎が応えた。

「プランCだな」

何だ……？

何を話しているのか。

「瀬名君」恩田が私に訊いた。「共和国の中国派の放った刺客が来る。この機を撃墜し、

『積荷』を海に沈めるつもりだ。ミグ29という戦闘機は、低空の我々を発見しミサイルで撃つことが可能かね」

「可能です、多分」

私は、会話の内容が摑《つか》み切れぬまま、相づちを打つ。

「ミグ29ファルクラムならば、ルックダウン能力のあるレーダーを持っている。我々を発見出来る。後はレーダー誘導のミサイルで狙われるか、赤外線誘導ミサイルで狙われるかです」

「梟」

恩田啓一郎は無線に訊いた。

「ミグ29の携行するミサイルの種類を知りたい」

『ミサイルの種――』

だがそこまで応えた時
『――来たっ』

無線の声は叫んだ。

同時に
「……！」

首の後ろにぞっ、と寒気のような感覚を覚え、私は思わず振り向きかけた。

何かが来る。

後ろだ、疾い……!

『孔雀、自分が盾になります、逃――』

無線の声は途切れ、コクピットのすぐ前方頭上にいたミグ21が後部胴体下面にスピードブレーキの抵抗板をパクッ、と開く(声が途切れたのは、操縦している男の左手の親指が無線のマイクボタンを離し、スピードブレーキのスイッチをクリックしたためだ)。

細い三角翼のシルエットは、真後ろへ吹っ飛ぶように下がりかけ、その瞬間コクピットの天井のほぼ真上で爆発した。

ドカンッ

ミサイルかっ……!

「――くそっ」

とっさに右足を踏み込むと、操縦桿を引いて思い切り左へ回していた。グルッ、と目の前の闇が回転する。バレル・ロール――

「つかま――」

叫び終る前に、衝撃を食らった。

ズシィインッ!

機内の空間のあちこちで、悲鳴のような声がわく。

私は操縦桿を左へフルに切り、ＭＤ87をバレル・ロールさせた。機体のすぐ上でミグ21が爆発した。その一瞬前、火の矢のような物体が真後ろからミグのシルエットに吸い込まれ直撃するのを見た。

衝撃波をもろに食えば、こちらも海面に叩き伏せられる。急旋回は駄目だ、翼端を海面に引っかけてしまう——唯一、衝撃波をかわすには爆発した機体を筒状に包み込むように、横向き宙返りをさせるしかない……！

ズザァアアッ

「くっ」

闇が目の前で回転し、重力がフワッ、となくなり、計器パネルの人工水平儀が背面姿勢を示す。そのまま回転——高度をロスせずに水平へ戻せるか……⁉

風切り音とともに水平儀が一回転。一回転し終えるところを狙い、切っていた操縦桿を中立位置へ——バンク角〇度で止める。ズン、と重力が戻る。電波高度計の表示が戻る。

わずか二〇フィート。

「はぁっ、はぁっ」

だが、呼吸を取り戻す暇もなく

（……！）

後ろから来る。

ドグォッ

重苦しい爆音（軽戦のミグ21と明らかに違う）がすぐ左上に被さり、コクピットの左の側面窓に、双尾翼の機影が追い越すように現れた。

大きい。双発エンジンだ。

ファルクラムか……！

『명에《ミヨンエ》 따르라우《タルラウ》！』

天井スピーカーに声。

ノイズと共に、これは朝鮮語か……？　高圧的な印象の怒鳴りつけるような声が、コクピットに鳴り響いた。

『명에《ミヨンエ》 따라《タラ》 원산에《ウォンサンエ》 내리라우《ネリラウ》！』

何を言っているのか。

見ると、左横に並んだ双尾翼の機体は、こちら側に見える右の主翼下に、細長い弾体を抱えている。あれはミサイル――R73か……？　大きくはない、NATO名アーチャー、熱線追尾式だ。

「무이한다《ムイハンダ》！」

恩田啓一郎が朝鮮語で言い返す。

何と言ったのか。まるで分からない。

と

『기라믄《ギラムン》 죽으라우《ジュグラウ》!』

左横に並ぶ暗色のファルクラム——ミグ29の搭乗者は、吐き捨てるように叫んだ。

次の瞬間、双尾翼の機体はグォッ、と唸《うな》りをあげ後方へ下がり、側面窓の視野から消え失せた（機体の背にスピード・ブレーキ抵抗板が立つのがちらりと見えた）。

下がった……⁉

「奴は、何と言ったのです」

「自分に従って、元山《ウオンサン》の空軍基地へ着陸しろと要求して来た。さもなくば撃墜すると」

「それで？」

「断った」

「⁉」

「瀬名君、この機には戦闘機の追撃をかわす装備が付加されているはずだ。プランCに基づき、逃げ切れ」

「——え」

聞いていない。

鍛治からは、そんなことは何も——

プランC？

（——！）

考えている暇はない。首の後ろにぞわっ、と何か感じる。〈圧力〉――殺気か。

「つかまれっ」

2

私は「つかまれ」と叫ぶと、操縦桿を引きつけると同時に左へ切り、同時に右ラダーを踏み込んだ。暗黒の視界がグルッ、と廻る。さっきと同じ機動――しかしエルロンは思いきり切った。

ヴワッ

ほぼ背面になると同時に、コクピットの逆さまの視界の真上――機体のすぐ下を、真っ赤な火線の奔流が前方へ向かって走り抜けた。窓が真っ赤に染まりガガガッ、と衝撃波で揺さぶられる。右席で坪内沙也香が悲鳴を上げる。

（かわした……！）

そのままバレル・ロールを続けながら私はとっさにスピード・ブレーキのレバーを引いた。

主翼上面で抵抗板が立ち上がり、ＭＤ87は急激に減速する（減速のためにエンジン推力は絞れない、超低空だ）。軸廻りに三六〇度回転する視界の右横に、後方からつんのめるように双尾翼の機体が出現する。

グォッ
やはりすぐ後ろから機関砲を撃ったか……！

スピード・ブレーキを叩くように戻す。機体を水平姿勢へ戻しながら、つんのめり出たファルクラムの真後ろ下方へ操縦桿を切って潜り込む。

下腹を見せたミグ29は一瞬、迷ったように小刻みなバンクを振る。戦闘機は真後ろ下方が『死角』だ。こちらを見失ったのだ。

私は二本のスラスト・レバーをメカニカル・ストップに当たるまで出し、エンジンに最大推力を出させると同時にミグの下腹部目がけて操縦桿を引いた。

「ぶつけるぞ、つかまれっ」

「えっ⁉」

沙也香が聞き返す暇も無く。

双発ノズルが前面窓の上から迫り
ズガッ
コクピット天井に凄じい衝撃。吊下《つりさ》げフックにかかっていた酸素マスクが外れておち、頭上パネルに火花が散った。

悲鳴を上げながら沙也香が顔を両腕で覆う。

だが私は顔をしかめたまま前方上方から目を離さない。速度差はわずかだった（軽く追突した程度だ）。弾《はじ》かれたミグ29は、驚いたように機首を上げると左上方へ離脱した。

「奴は驚いて離脱した」

私は暗闇へ呑《の》まれる機影を目で追うが、すぐ側面窓の上へ消えてしまう。

「斜め宙返りで一回りし、ミサイルで狙って来るぞ」

「――どうするのっ」

「雲だ」

今夜の日本海の天候は、五〇〇〇フィートから上くらいに雲の層が広がり、雲海となって満月を遮っている。小松沖で降下した時に、だいたい雲層の高さは把握している。

「上昇して雲に隠れる」

推力を最大にしたまま、操縦桿を引く。ピッチ角二五度。

ざぁああっ、と風切り音を立てて機首が上がる。

ＭＤ87は上昇する。

左右のＮ１回転計は一〇〇パーセントにつけたまま。エンジンはもつか。燃料はもつのか……余計な計器を見る暇は無い。

（殺されたら、終わりだ。エンジンも燃料も――）

関係ない。

殺されたら終わり……。

――『矢島』

ふいに脳裏に声が蘇った。

何だ。

これは。

自分の声……

――『矢島、あきらめるな。死んだら終わりだっ』

(……矢島)

私は、目をつぶった。

唇を強く噛んだ。

すまない、矢島――

その瞬間

ズグォッ

コクピットの窓に当たる空気の音が変わった。

「――はっ」

目を開けると、闇の中で濃い灰色の奔流のようなものが前方から押し寄せる。

雲の層に入った……！

すかさず、機首を下げる。

スラスト・レバーを少し絞る。エンジンの唸りが低くなる。

「隠れられるの？」

女が訊く。

「奴の肉眼からは」

応えながら私は、さっきミグ21と編隊を組むため航行灯を点けたことを思い出し、頭上パネルへ右手をのばす。

だが

「くそ、スイッチが馬鹿になってる」

ナビゲーション・ライトを切ろうとしたが、スイッチの支点がカクカクと頼りない。側面窓を振り返って確かめると、灰色の濁流の中で左の翼端にぽつんと一つ、赤いライトが点灯したままだ。

しまった。

たった今、機首の天井部分で奴――ミグ29ファルクラムの胴体下部を小突いた。水平尾翼でも吹っ飛ばせれば勝てると直観し、とっさにやったのだが……。

上方へ離脱したミグの様子から、ダメージを与えられたとは思えない。

一方こちらは激突の衝撃で、頭上パネルに火花が散った。機能のいくつかが、おかしくなったか。

雲には隠れたが――どのみち奴のレーダーには捉えられる。

「瀬名君。プランCだ」

背中で恩田啓一郎が言うが

「それが、分かりません」

私は頭を振る。

「社長からは何も知らされていない。攻撃をかわす手段とは何です?」

「何」

恩田会長が絶句する。

飛行機には門外漢らしい、老経営者も「プランC」が何なのか知らないのだ。

鍛治がいない今となっては――

(――――)

くそっ。もう一度超低空へ降りるか……? いや、ミグ29のレーダーにはルックダウン能力がある。海面すれすれを這《は》う飛行物体も見つけ出してしまう。

このままではやられる。

「着水すれば」

女が言う。

「来るときに、漁船をたくさん見たわ」

着水か。

確かに、操業している漁船の近くへ不時着水すれば――

(いや)

駄目だ。

着水するには、失速寸前まで減速し、海面すれすれをある程度まっすぐに飛ばねばならない(現在のスピードのまま降りようとしたら、波頭に機体が触れた瞬間に分解する)。

それは『ミサイルの的にしてください』と言うようなものだ。

「着水は駄目だ」

恩田啓一郎が、私よりも先に言った。

「この機体を、沈めるわけには行かん。積み荷も沈む」

「――」

沙也香が絶句する。

何を話している――?

だが私には、詮索する余裕もない。

あのファルクラム――ミグ29の飛行性能ならば空間を大きく回り込み、再び後方へつくのにおそらく六〇秒かからない。

(奴のミサイルは)

思い起こす。

さっき、並んだ時にちらりと見えた。右の主翼下の弾体――あれはR73赤外線ミサイルだった。熱線追尾方式で有効射程三マイル。おそらく両の主翼下に一発ずつ携行し、片方は先ほどミグ21を撃破するのに使用された。残りは一発。

R73は、西側のサイドワインダーと使い方は同じだ。まずレーダーで相手を捉え、後尾に廻り込む。操縦席の前に据えられたヘッドアップ・ディスプレーの中で、相手機の後ろ姿を照準サークルの中に入れるようにすると、ミサイル弾頭の赤外線シーカーが相手機のエンジン排気熱を捉えてロックオンする。後は発射ボタンを押せば、ミサイルはロックオンした熱源（エンジン）目がけて跳んでいく。速度はマッハ二以上、結果はさっきミグ21が頭上で爆発した、あの通りになる。

（――くそっ）

考えろ。

頭の中に、地図を描く。間もなく日本の防空識別圏だ。航空自衛隊の防空レーダーに映れば、国籍不明機の接近と捉えられ、この方角ならば小松と築城からスクランブルが上がる。何とかして時間を稼ぎ、日本へ近づければ……。

現在の高度は――？　一〇〇〇〇フィートか。

奴――ミグ29は、斜め宙返りで大きく後方へ回り、再びレーダーで空間をスイープするだろう。このMD87はすぐに見つかる。雲の中にさえいれば、目視で狙う機関砲の的にはされないが――

しかしR73ミサイルには、いずれロックオンされる。後方三マイルまで接近されたら、終わりだ……。

どうする。

（――――）

目をつぶった。

奴はどこだ……？

気配を探ろうとするが、分からない。この灰色の濁流のせいか。雲の水蒸気が猛烈な勢いで機体表面をなぶっていく。遠くの気配は伝わって来ない――

くそっ……。

あきらめるな。どうすればいい。

周囲の情況を思い浮かべる。ここは日本海の上空――G訓練空域に近い。現役のイーグル・ドライバーだった頃、自分の庭のようだった……

「……！」

私は目を開いた。

「どうしたの」

横で、女が驚いた声を出す。

私がいきなりスラスト・レバーをアイドルまで絞り、操縦桿を押したからだ。

ぐんっ
機首が下がる。

滑空降下。

前面窓をなぶる水蒸気の奔流が、唐突に途切れる。静かになる――さっきまでに比べると無音の暗黒だ。雲の層の下の空間へ、再び降下して出た。

「後ろからミサイルを撃たれるのは、時間の問題だ」

私は言いながら、降下姿勢を保つ。できるだけ速度を保ち、浅い角度で滑空させる。

エンジンはアイドリングまで絞った。それでも排気温度は、四〇〇℃以上ある……。熱線追尾ミサイルの標的としては目立ち過ぎるほど大きな熱源だ。

「着水するの?」

「違う」

「何を考えているの」

「説明している暇がない」

私は操縦桿で機首姿勢を保持しながら、女に告げた。

高度、九〇〇〇。

速度二五〇ノット。

「奴に、わざと撃たせる」

「――わざと⁉」

「そうだ」

うなずきながら、私は今日の午後にシミュレーター訓練棟で速読したマニュアルの内容を、頭に引っ張り出す。緊急用チェックリスト。

「俺が合図したら、このレバーを二つとも切れ」

「え？」

「これだ」

私が右手で素早く触って示したのは、センター・ペデスタルのスラスト・レバーの根元――緊急用の赤い火災消火スイッチなどが並ぶところだ。そこに〈1〉、〈2〉と数字のついた短いレバーがある。ノッチの上を動くようになっていて、左右二つとも〈RUN〉の位置に入っている。

「エンジン・スタートレバーだ」

私は機首姿勢を細かく調整しながら、計器と前方から目を離さずに告げた。

「エンジンをスタートする時と、切る時に使う。送り込む燃料をコントロールしている。今〈RUN〉に入っているが、俺が合図したら二つとも〈CUT　OFF〉位置に引いて切れ」

「——エンジンを……?」

「そうだ」

それ以上は、女の視線を無視して、私は操縦桿の微妙な角度を肘と手首で固定すると目をつぶった。

坪内沙也香の疑問に応えている暇がない。

闇の中、アイドリングで滑空する機体——空間の広がりを、耳に感じる。

奴はどこだ。

(————)

双発エンジンは、アフターバーナーを焚《た》いているはず——重量はF15に近い。空気を震わせる震動の強さは、イーグルに近いはず……。

爆音は、さっき真横に並んだ時はドロドロという重苦しい響きだった。タービンが洗練されていないのだ(昼間なら真っ黒い排気煙を曳くのが見えただろう)。あの重苦しい音はどこだ——

(——!)

来た。

うなじに圧力。錐で突くようだ、迫る。鋭く、強い——

「くっ」

操縦桿を握り直す。

気配は真後ろ上方――シックス・オクロック・ハイへ、被さるように高空から廻《まわ》り込んで来る。これは何だ。殺意か……!? プレッシャーが強い。こちらは航行灯を点けたままだ。真っ黒い海面を背景に、赤と緑の翼端ランプが目視でも見つけ出せるはずだ。

(――三マイルまで、近づけ)

いやもっとだ……。唇を嘗《な》める。奴のR73は一発しか残っていない。何の理由でこの機を撃墜しようとしているのか知らないが、自分が奴だとしたら確実を期すため、標的の背後へ十二分に近づく。一マイル半まで肉薄してから発射する(相手はどうせ反撃の出来ない旅客機だ)。

来い。

近づけ。

高度は目をつぶる前、八〇〇〇フィートだった。降下率は毎分二〇〇〇フィート。今は六〇〇〇を切っただろう、このままでは三分で海面――

そう思った時。

「……!」

首の後ろに感じる『殺気』が、錐をねじ込むように強くなる。

ロックオンした。奴が発射トリガーを握り込む……。

「今だ」

目を開くと、私は叫んだ。

「スタートレバーを切れっ」

叫ぶと同時に、右ラダーを蹴り込み、操縦桿を引きながら左へフルに切る。

グルッ

坪内沙也香の操作で、左右のエンジンは燃料をカットされ燃焼を停止した。同時に機体は私の操縦で浅い降下から機首を起こし、左回転バレル・ロールに入る。それまで飛んでいた軌道から背面になりつつ上側へロール。

暗黒の世界が廻る。

ずざぁああっ、と凄じい風切り音。

「――くそっ」

廻れっ……！

推力が無い。操縦桿の反応が重い――左へ舵を切り続ける。ＭＤ87が滑空の惰性だけで軸廻りに運動し、速度エネルギーを食いつぶしながら背面姿勢になるのと、コクピットのすぐ頭上を炎の尾を引く矢のような物体が追い越して通り抜けるのは同時だった。

ヴォッ

（……かわした！）

一瞬、視界が真っ白になる。眩《まぶゆ》い火焔《かえん》はＲ73ミサイルのロケット・モーターの噴射だ。

こちらのエンジン排気熱が失われ、標的を見失ってそのまま前方へすり抜けた。

だが
「近接信管で爆発するぞ、つかま――」

叫び終える前に、前方の空間でオレンジ色の火球が瞬間的に膨れ上り、炸裂《さくれつ》した。

凄じい閃光《せんこう》。

爆発の衝撃波が押し寄せるより前に、私は反射的に操縦桿を引き、反対の左ラダーを踏み込んでいた。軸廻りに三六〇度ロールしかけた機体の運動方向を、強引に左へねじ曲げる。爆発の火球をかわす。いやかわし切れない、機体の腹の下から衝撃波が来る――

「つかまれっ」

ドガガガッ
「きゃぁあっ」

悲鳴を上げる沙也香に
「スタートレバーを入れろっ」

私は怒鳴りつけるように指示した。

「両方とも、もう一度」〈RUN〉だ、と言いかけ舌を噛む。

前面窓の暗黒が斜めに猛烈に流れ、一瞬どちらが天で地か分からない。両手で重い操縦桿を操作し続ける（それがやっとだ。エンジン再点火の作業は自分ではとてもできなかっただろう)。

目の端で、沙也香の手がスタートレバーを左右とも〈RUN〉位置へ戻すのが見えた。

エマージェンシー・リスタート。

空中で火山灰などを吸い込んでしまい、エンジンが左右ともストールし停止した時。スタートレバーをいったん〈CUT OFF〉にし、再度〈RUN〉に入れることでエンジン・コントロールが自動的に緊急再始動シークエンスを開始する。

エマージェンシー・リスタートと呼ばれる手順だ。マニュアルでは、赤く縁取られた緊急用チェックリストのページに記載されていた。

「入れたわっ」

「排気温度を」

排気温度計を見て、上がり始めたら教えろ——そう言いたいが口が回らない。

それどころではない。操縦桿を引きながら左へ切り続ける。シートに押しつけられる。

推力のない機体を無理やり回転させる。二回転目に入っている。軌道は左へねじ曲げた、本能的に頭の中に空中機動図を描いている。バレル・ロール二回転目、二七〇度回った。

スピードはかなりおちた、失速まで猶予はない。

だが

(あの辺りだ——)

シートに押しつけられながら、視線を斜め上へ向ける。逆さまの前面窓の一点を睨《にら》む。

空戦では自分の発射したミサイルの爆発に巻き込まれぬよう、必ず戦闘機搭乗者は回避操作を行なう。ぎりぎりまで肉薄して、爆発は近かった。普通の人間ならばとっさに右利きの腕を左へ倒し、左急旋回で離脱する。あの発射ポジションから左急旋回をすれば――

(――あそこへ、出て来るはずだ……！)

ざぁあああっ

来た。

ブンッ、と唸《うな》るようにシルエットが現われた。コクピットの天井の後ろから、つんのめり出るように双尾翼の上面形が逆さまに現われる。こちらは推力を切って失速寸前になり、小回りしている。ミグ29は左バレル・ロールするこちらのすぐ前方へ、左急旋回でつんのめり出た。

今だ……！

現われたシルエットを睨んだまま、左へ切った操縦桿を押す。軸廻りに回転する機体を水平に戻しながら機首をミグの上面形へねじ込むように、下げた。

ずざぁあっ

途端に操縦桿がブルルッ、と振動する。スティック・シェーカーだ。間もなく失速する、とセンサーがパイロットに警告している。

くそっ……！

舵《かじ》の反応が、鈍い。速度を失ってスカスカになっている。思い切り操縦桿を押す。機首が下がる。急旋回する双尾翼の上面形が、斜めになりながら前面窓に迫る。

つかまれ、と叫ぶ余裕もない。

ズガッ！

当たった。凄じい衝撃と共に、機首の下側がミグ29の二枚の垂直尾翼の真ん中へ突っ込み、めり込んだ。

ガガガッ
さらに操縦桿を押す。機首が、下がる。

ぐううっ
急降下に入り、身体が浮く。

スティック・シェーカーの震動が止《や》んで風切り音が高まる。坪内沙也香と、後席の老人が息を呑むのが分かる。驚くべきことにＭＤ87は双尾翼の戦闘機の二枚の垂直尾翼の間に機首をはまり込ませ、のしかかるように追突していた。

すぐ目の下に、ミグ29の単座コクピットが見えている。搭乗者のヘルメットが見える。驚いて振り向く様子。慌てふためいている。

ファルクラムに後ろからのしかかり、そのまま急降下する。急角度。前方視界は真っ黒い海面に、無数の白い漁火《いさりび》が散っている。

「――さぁ」

私は、ようやく口を開く。

「逃げてみろ」

ドンッ
足のすぐ下で衝撃音。ファルクラムが双発エンジンにアフターバーナーを点火させた。はまり込んだ大型旅客機の機首の下から、抜け出そうとする。

（——やった……！）

バキキッ
金属の破裂する悲鳴と共に、目の前で二枚の垂直尾翼が左右へ弾け吹っ飛んだ。激震がコクピットを突き上げ、思わず操縦桿を握り直して姿勢を保つ。同時に前方視界でファルクラムはオレンジの火焔を引き、ネズミ花火のように水平回転しながら吹っ飛んでいく。フラット・スピン——あれでは強烈な横Gがかかり、脱出は不可能だ。

「排気温度を、見ろっ」

私は機首下げ降下姿勢を維持しながら叫んだ。

暗闇の底へ消え去った敵機を目で追う余裕は無い。いったん停止させたエンジンの空中再始動には圧力が要る。機首を下げて、強い気流をファン・ブレードに当て続けなければならない。海面激突までの猶予は——

（高度一〇〇〇——くそっ）

一〇〇〇フィート、わずか三〇〇メートル。三〇秒で激突する。機首下げ姿勢のせいで前方視界がほとんど海面だ。暗黒の中、白い漁火の粒々が震えながら迫って来る。

「排気温度が上がり始めたら言うんだ」

左右二本のスラスト・レバーは、エンジンが再着火するまではアイドル位置に閉じておかなければならない。これは旅客機もF15も同じだ。今この瞬間は、ただファン・ブレード前面に空気を当てて風車のように回転させ、自動シークエンスで再着火するのを待つしかない。

高度五〇〇。

『プルアップ』

地表接近警報装置が、スピーカーから自動音声を発した。

海面に近づき激突の危険がある、引き起こせという警告だ。

『プルアップ、プルアップ』

電波高度計、三〇〇。

グォオオオッ
窓のどこかが割れているのか、強烈な潮の匂いのする空気が吹き込み始めた。

二〇〇。

一〇〇――

「あ、上がり始めた」

沙也香が声を上げる。

「温度が上がり始めたわっ」

「――！」

私はうなずくと、ゆっくりと操縦桿を引いて機首を起こす。できるだけ水平に――着火してもしばらくは推力を出せない。速度を食いつぶしながら水平飛行をして、エンジンが安定するまでの秒数を稼ぐのだ。

電波高度計、五〇。

三〇。

風切り音に混ざり、微《かす》かにキィイン――とジェットエンジンの燃焼音が響き始めた。

高度二〇。前方視界から目を離さず、機体を水平飛行へ持っていく。推力はまだ無いので速度は急激に減って行く。二〇〇ノット。一八〇、一六〇――

高度一〇。

キィイインッ

エンジンが、生き返った……！

高度ほとんどゼロ。

「くっ」

私は右手で二本のスラスト・レバーを掴むと、慎重に前方へ押した。

長大な機体の尾部に推力がかかり、機が沈降を止める。速度の減りが止まる。

「前を……!」

沙也香が叫ぶ。

分かっている。私は操縦桿を引き、一隻の漁船のマストをすれすれに飛び越した。

3

「はぁっ、はぁっ」

操縦桿を引いて機を上昇させ、五〇〇〇フィートで水平飛行に入れると、私は肩で息をしながら女に言った。

「すまん——もう一度、FMCをセットしてくれ。目的地はJECだ」


二十分後。

私は島根県の海岸線に面した航空自衛隊美保基地の滑走路へ、MD87を着陸させた。

驚いたのは。

国際緊急周波数で緊急着陸を要請すると、美保基地の管制塔(応対したのは深夜の当直管制官のはずだ)は何の問いかけもなく、すぐに着陸許可を出してくれた。

まるで、待ち受けられていたようだった。

深夜のエプロンに、誘導員の赤い棒状ライトに導かれ駐機する。両エンジンを停止し、機首左側の一番ドアにタラップが付けられると、その下に待ち受けていた人影がある。

あの男だ。

萬田路人――？

「ご苦労だった」

確かに、縁なし眼鏡の男だった。黒いコートをなびかせ、タラップの下で私を見上げて言った。

「GPSを使って、君たちの動きはすべて追っていた。空自のスクランブル機も出動させていたのだが。結果的に必要なかったようだな」

「――――」

開いた左側一番ドアから、私は男を睨みつける。

「けが人を運んでくれ」

やっと、それだけ口にした。

T字尾翼の双発旅客機は機首横にタラップ、後部乗降ランプも降ろされて、美保基地の隊員が内部へ駆け込み、負傷者の運び出しが行なわれた。

沙也香の妹の容体は気がかりだった。出血していたのに、かなりのGで機体を振り回してしまった。

暗緑色のパジェロの横腹に赤十字を描いた救急車が、担架に載せられた眼鏡の女――坪内恵利華を収容すると、赤色灯を回転させ走り出す。

私は、車輪止めを噛ませたＭＤ87の前脚の横で、それを見送る。

「付き添わなくていいのか」

隣に立つ沙也香に言うと
「子供じゃないわ」

女は頭を振る。

「あの子は、独りで大丈夫」

「君の傷は」

「大したことない」

「そうか」


私は、機体を振り仰ぐ。

ＭＤ87は、流線形の機首下面の両サイドがへこみ、五メートル以上に渡って引っかいた跡がついている。

私の立つ位置からは見えないが、機首の頭の部分も同様だろう。ダグラス機は頑丈だ。よく持ちこたえた……。

（…………）

それよりも気になるのは。

長大な機体の後部――ちょうど、ここと対称の位置だ。胴体の右後部で貨物室扉が持ち上がるように開き、輸送隊のローダーに載せられてコンテナが下ろされる。機体に遮られ直接には見えないが、多数の人員が投じられて作業にかかっている。

何をやっている……？

レンジャーたちの姿が、いつの間にか見えない。重傷者は救急車に載せられたが、動ける者はどこへ行ったのか。

基地の保安隊員だろうか、小銃を手にした戦闘服姿が十数人、機体後部を背にしてぐるりと並んでいる。

何だ、この警戒の仕方……。

暗色の大型トレーラーがコンクリート舗装面を震わせ、視界の一方からやってくると、機首から右翼を大きく回り込んで行く。

あの男――

萬田路人は、形通りの短いねぎらいを言うと、あとは機体後部へ向かい、基地の隊員たちを指揮してコンテナの荷降ろし作業に取り掛かっていた。

航空自衛隊の隊員たちを、公安警察官が指図して使っている――？

普通ならばあり得ない。自衛隊と警察がこれからは協力する、という男の言葉を思い出した。

俺は、いったい何を運ばされたのか。

「君は知っているのか」

「何を」

「あのコンテナの、中身だ」

「――――」

女は、沈黙で答える。

鍛治も、すべてを話してはくれなかった。

いや、段階を踏んで説明してくれるつもりでいたのだろう……。

「見せてもらう権利はあるな」

私は、機体後部へ向かおうとした。

その時
「鍛治の生死は、確かめさせる」

背後で声がした。

振り向くと。

恩田啓一郎がタラップを降りて来ていた。携帯を手にしている。

「鍛治の安否は、組織を通し、向こうの指揮官に確かめさせる。死んだと決まったわけではない」

「…………」

老経営者の言葉は、飛びつきたくなるような気休めだ。

だが――

唇を噛む私に
「瀬名君」

恩田啓一郎は言った。

「知りたいかね」

「――――」

私は、どう答えていいか分からない。

知りたいか。

何を知りたい……？

知りたいことはたくさんある……。一番に訊きたいのは、理由だ。鍛治はいったい何のためにに死ななくてはならなかったのか。

「あの国は」

老経営者は、顎で海の方を指した。

「いったい、誰のために存在していると思うかね」

「……？」

何を言う。

「……あの国？」

「そう。北朝鮮だ。誰のために、あの国はある？」

私は、東京へ戻ってから会わねばならない鍛治英恵の顔が目にちらつき、老経営者の問いは頭に入って来ない。

ディーゼル機関の唸りが高まり、機体の右後部で、大型トレーラーが動き出す。

鈍い銀色のコンテナを載せている。

基地の小型車両が前後につき、ゆっくりと動き出すところだ。

「あの国を造ったのは」

老経営者の声は言う。

「我々だ。我々の前任者たちだ」

「？」


大型トレーラーは、駐機場の照明灯の下をくぐりぬけ、広大な基地の暗闇のどこかへ消えていく。ディーゼルの響きが小さくなる。

喧騒《けんそう》が急に静まり、辺りは風の音ばかりになる。私の背後のＭＤ87の機体に吹きつけ、微かに鳴っている。

機体の周囲で立ち働いていた大勢の人影は、いつの間にか姿を消した。考えてみると自衛隊の隊員服姿だったが、空自の隊員ではなかったかもしれない。分からない。

ふいに照明灯が消され、機体の周囲も闇になった。

「収容、完了しました」

黒いコートの萬田が暗がりの奥から歩み出て来ると、恩田啓一郎の前で姿勢をただし、敬礼して報告した。

「無事、例の施設へ」

「うむ」

老経営者はうなずく。

「無事に済んだな」

「はい」

無事に済んだ……？

眉をひそめる私に
「一緒に来たまえ」

恩田啓一郎は促した。

指さす方を見やると、駐機場の端に黒いシルエットがある。大型のヘリ――フランス製の確かピューマというシリーズの機体だ。

「鍛治の安否は、私と共にいなければ分からないぞ」

「――」

4

「民主主義というものは」

黒いシュペル・ピューマ――仏製大型ヘリの機体の横で、恩田啓一郎は私に問うた。

その目がステップを指し『乗りたまえ』と促す。

「瀬名君。民主主義とは誰のためにあると思う?」

「……?」

何の話だ。

私はそれよりも、周囲を取り巻いている人影に注意を取られている。

ダークスーツの人影が七つ――いや八つ。

いつの間にか現れ、私を中心に五メートルの間合いを取り、ぐるりと取り巻いている。

八名ともじっとしているようだが呼吸は速く、緊張している……。羽田で私を襲った公安警察官たちと同類か。

今にも、私が走り出してここを逃げようとするか、あるいは傍らの老経営者に襲いかかるとでも思っているのか……?

老人が、突然襲われれば、自分たちの責任にされる――そういう『焦り』が伝わって来る。目の端で何気ない動きを掴むと、左肩から重量物を吊《つ》るしている。上着の内側だ。

(何だかな……)

そう、『物騒』というより、何だかな——そういう感じだ。

任務と責任、か。

自分も昔、そんなものを背負っていた。

「民主主義とは——あぁ失礼」

老経営者は、私の前で言葉を区切り、震動する携帯を懐から取り出す。

通話ではなく、メールのようだ。画面を一瞥《いちべつ》した顔が、眉をひそめる表情になる。

「瀬名君。連絡が来た。鍛治の安否だが」

「……!?」

私は思わず、老経営者の手元に視線を集中した。

鍛治の生死が、判明したのだろうか。

恩田啓一郎の手元に目を引きつけられる。

その瞬間。

駄目だ、背中ががら空き——神経が私に警告するのと同時に、背後で女がスッ、と動くのが分かった。

何だ。

振り向こうとしたが遅い、首筋に鋭い痛みを感じた。

(う)

刺された——⁉

「ときどき」

背中で声がする。

「隙だらけになる」

声の語尾が、歪《ゆが》む。針を刺された……それだけ分かったが、後は身体が言うことを聞かない。全身が痺《しび》れ、物体のように地面へ倒れる。世界が真横になる……

（く、くそっ……）

どささっ

横向きの衝撃。コンクリートの地面へ倒れる瞬間、意識を失っていた。

「瀬名君」

次に目を覚ました時。

頭上で私を呼んだのは、女性の声だった。あの女——坪内沙也香とは違う。もっと年齢の行っている、低くて柔和な……

「瀬名君、大丈夫？」

「……う」

起き上がろうとして、頭がくらっ、とする。

眩《まぶ》しい。白い眩しさだ。

顔をしかめ、身じろぎすると柔らかいソファの上に寝かされている。それが分かる。

ここは……。

「お帰り」

鍛治英恵の顔が、すぐ真上から見下ろして言った。

「大変だったわね」

「——う」

眩暈がする。

身体に、力が入らない。ようやく、覗《のぞ》き込む英恵に抱きかかえられるようにしながら、身を起こす。

明るい。陽《ひ》が差し込んでいる。

社長室……。

この日差しの向きは——

(午後?)

そう思った瞬間また眩暈。くそっ、強い麻酔剤だ……。

「夜明け前にね」

英恵は私を抱き起こすと、そのまま私の肩に両腕を巻きつけ、低い声で告げた。

「あなたはここへ運び込まれた。わたしは、呼び出されて——鍛治のことを聞いたわ」

「……！」

「そのまま」

びくりとする私を、英恵は抱き締めるように止める。

「動かないで」

「英恵さん」

顔を見ようとしたが、見られない。

代わりに香水の匂いと、耳元で呼吸——すすり上げる音。

英恵はスーツ姿で絨緞《じゅうたん》に膝をつき、ソファに身を起こした私を両腕で抱いていた。いや、抱きついていたのか——

「瀬名君。このまま聞いて」

「……？」

「顔を見られない。あなたに、どんな目で見られるか、分からない」

「？」

「聞いて」

「……はい」

ついさっきまで、深夜の島根県の空自の飛行場にいたのだ……。

あの女に麻酔の針を刺された。そして目を覚ましたら羽田のスカイアロー航空の社長室

――はじめに鍛治からミッションの説明を受けた場所だ。ここに運ばれていた。

斜めに光の射す部屋で、私を抱き起こしたのは鍛治英恵だった。

「鍛治を死なせたのは、わたしなの」

「……!?」

私は息を止める。

今、何と言った……?

「あの人を、〈巣《ザ・ネスト》〉に引き込んだのはわたし」

「どう……」

どういうことですか――という言葉が、途中で止まる。

耳元で、英恵の息がすすり上げる。

「十年前、あの人を会長に会わせた。会わせれば、きっと心酔する――そして起業の足がかりにするだろうと知りながら」

「………」

「わたし、祖父が関東軍だったの。家は代々、〈巣《ザ・ネスト》〉の一員」

鍛治英恵は何を言い出す……?

〈巣《ザ・ネスト》〉――?

彼女の年齢は多分、四十歳くらいだ。鍛治光太郎との間に子供は無かった（せめてもの気休めだ)。代わりに真珠を可愛《かわい》がってくれていたが――

昨夜私は、鍛治を置き去りにする形で離陸してしまった。床下のハッチから、彼が戻ったものと勘違いしたのだ。言い訳をしても仕方ないが。

英恵にどう説明しよう――そう思っていた。

ところが、英恵は鍛治を死なせたのは『自分だ』と言う。

「〈巣〉《ザ・ネスト》って、何です」

「聞いて」

元客室乗務員の女性――現在は大手航空会社の管理職だという――は夜会巻きの髪を私の頬にこすりつけるようにして、耳元で言った。

「瀬名君、頼みがある」

「……何です」

「鍛治の代わりになって」

「？」

「鍛治の代わりに働いて欲しい」

「何を」

何を言うのです、と訊きかける私の肩を、英恵は強く抱いた。

香水の匂いがした。

「こんなことを、言わなければならないのは哀《かな》しい。でも分かって。あなたも、鍛治に少しでも『済まない』という気持ちがあるのなら、彼に代わって組織――〈巣《ザ・ネスト》〉の仕事を引き受けて」

「放して下さい」

私は息を吸い込むと、柔らかい英恵の肩を掴み、自分から引きはがした。

顔を間近に見る。女優のような彫りの深い、年齢を感じさせない顔だ。大きな目に透明なものがあふれ、私を見返してくる。

「英恵さん、あなたじゃない。俺の責任です、先輩を死なせたのは。でも」

唇を噛む。

脳裏に浮かぶのは、いくつかの顔だ。公安警察の男、針を使う女、老経営者――

鍛治が会社を立ち上げた経緯はよく知らない、しかし彼らは敬愛していた先輩を使い、北朝鮮から何かを日本へ直接、運び出そうとした。

あのコンテナ……。

〈巣《ザ・ネスト》〉とはいったい、何だ。

「先輩に、あんなことをしなければならないように仕向けた連中。俺は許せませんよ」

英恵は、自分も〈巣《ザ・ネスト》〉の一員だと言う。

〈巣《ザ・ネスト》〉――

彼らの仲間だと言うのか。もしかしたら、優秀な幹部自衛官であった鍛治を、利用するため接近して交際したのか。あるいはたまたま鍛治光太郎がこの人と付き合ったために、巻き込まれたのか――

新規に航空会社を立ち上げたのは、偉業だ。政財界のバックアップがなければ、おそらく無理だっただろう。後ろ盾を得る代わりに、鍛治は何かの時に使われる手札として、彼らの手下にされてしまった。今回スカイアロー航空が窮地に陥ったのと、北朝鮮の工業団地へ飛ぶ必要が生じたのは、タイミングとして偶然の一致かもしれない――しかしたとえ経営が危機に瀕《ひん》しなくても、何かの理由をつけて鍛治と私は行かされたかもしれない。

英恵は何と言った。

鍛治の代わりに、彼らの手駒になれ……？

何をさせられ、いつ死ぬか。

そんなことはまったく、する義理がない。

私は真珠を――

あの子を護《まも》らなければ。

英恵の腕を振りほどき、ゆっくり立ちあがった。

「う」

まだ軽く眩暈がする。

（――矢島）

部下――沖縄の空で私の二番機パイロットを務めていた後輩の顔を、思い浮かべる。

心配するな。真珠は無事に育てるから。

心配するな……。


「瀬名君」

背中で呼ぶ声を振り切るように、ドアへ向かった。社長室を出た。

この時になって、自分の服装に気付いた。


（――！）

思わず廊下の窓に駆け寄る。

内窓だ。羽田空港の国内線第二ターミナルの出発階を見降ろす、吹き抜けに面している。

各社のチェックイン・カウンターが眼下にずらりと並ぶ。

そのガラスに、自分の服装が映っている。スーツを着ている。

昨夜の開城へのフライトには、スカイアロー航空の機長の制服を着せられて行った。

それがスーツに戻っている。

いつ、着替えさせられた……？

それも、昨日着ていた服ではない……。大田区池上に借りているマンションの部屋の、クロゼットに掛けてあるはずの――

「――！」

思わず、上着のポケットを探って、手が止まる。

息も止まった。

これは。

指に触れたもの。取り出すと、スペアの玄関のカギだ。

「香港に売れたんだって」

背中で声がした。

びくりと、振り向く。

女子社員二人が話しながら通り過ぎる。

「格納庫で寝ていた古いＭＤ、好い値で売れたらしいよ」

「会社、助かるの」

「良かったね」


（――――）

私は、また眼下の出発階を見る。

肩で息をした。

次の瞬間、早足で歩き始める。

「今日は早いんですね」

そのままアンジュ保育園へ駆け込んだ（しまいにはほとんど走っていた）。園長の女性が、驚いた顔で迎える。

「真珠は⁉」私は園長の肩越しに、フロアを見渡す。「真珠は来ていますか」

ターミナルの三階だ。板張りの遊戯室は、斜めに西日が差しこんでいる。

空港勤務者向けの保育所だ。床に積み木や遊具を並べ、手を動かしている小さなシルエットがいくつか見える。

「今朝は、空港警察の婦警さんが連れて来て下すったんですよ」

五十代の園長は、中を指しながら言う。

「お預けになっていたんでしょ。もっとも今は『婦警』って言わないのかしら」

「失礼」

私は靴を脱ぎ、フロアの一角へ駆けて行くと、水玉ワンピースの小さな後ろ姿の前に膝をつき、息をついた。

「真珠」

「……？」

黒髪を後ろで結んだ娘（いつもと結び方が違う。どうやったのか、巧《うま》い）は、振り向いてけげんな顔をする。

「パパ？」

「ぶ」無事だったか、という台詞《せりふ》は呑み込んだ。

驚かせたり、不安にさせたりしてはいけない。

この子は、護らなくては。

「済まなかったな真珠、今朝まであのお姉ちゃんと一緒にいたのか？」

すると

「ううん」

真珠は頭を振る。

「とおこちゃん」

「えっ」

思い当たり、私は胸ポケットを手で探る。

舌打ちする。確か、女性警察官は八神透子という名だった――

名刺に、携帯の番号も書いてくれていた。しかし昨夜、あの制服のシャツの胸ポケットに入れた。それきりだ。

代わりに指先に、触り慣れたものが触れる。革製の財布……。

胸ポケットから取り出してみるまでもない、自分のものだ。

（ご丁寧なことだ）

気絶させた私を、彼らは、何らかの手段で夜中のうちに東京へ運んだ。社長室のソファに寝かせ、自宅マンションへ忍び込んで服を持ってきて、着替えさせる――会社の私物ロッカーにしまったものではないスーツをわざと着せた。何かの意思表示のつもりか。

ふざけやがって。

胸に手を入れ、財布を取り出してみる。二つ折の札入れの方に、何か挟み込んである。後から突っ込んだ感じの白い紙。

つまみ出すと、名刺だった。

「――真珠」

「うん」

「パパと帰ろう」

水玉ワンピースの娘を連れ、ターミナルの通路へ出た。

出発階の空間を眼下に見下ろす、回廊のような通路だ。くぐもった雑踏の上にアナウンスの声が流れる。

「真珠、ちょっと寄るところがある」

私は真珠の手を引き、エスカレーターを下りて携帯電話会社のカウンターへ寄った。

旅行者向けのプリペイド携帯電話を、取りあえず借りる。自分の携帯は、会社の私物ロッカーに置いてあるが……。どうせ盗聴とか位置の追跡とか、細工がされているに決まっている。

鍛治を手伝うつもりで、彼らの対外工作に協力してしまった。あのコンテナの中身は知らないが、重要機密だろう。彼らの手下になることを拒否すれば、監視下に置かれる――

いやこれまでも監視されていたらしいが……。

どうする――

携帯の手続きの書類に記入しながら、傍らの真珠を見た。

この子に、危害が及んではいけない。

では、彼ら――〈巣《ザ・ネスト》〉というものの活動に協力するのか。

(それもごめんだ)

レンタルの電話を受け取ると、名刺を見て、ペンで書かれた番号を指で押した。

耳につけた電話が相手をコールする間も、考えていた。

これから、どうすればいい……。

八神透子は数回のコールで出た。

向こうには登録されていない番号だ。しかし私が名乗ると、すぐ明るい声に変わる。

「お帰りなさい。いい子でしたよ、真珠ちゃん」

「済まない。何とお礼を言っていいか」

「うまく行きましたか？」

「――」

訊かれて、私は言葉が止まる。

「あぁ、話せないんですよね」

「済まない」

八神透子には、あらためて礼をしなければいけない。

携帯で、簡単に済ませるわけにもいかないが……。

だが警察署へ訪ねていくのも――

（――――）

頭が混乱する。

「――ありがとう」取りあえず、私は礼を言った。「八神さん。あなたのお陰で助かりました」

すると
「あの、瀬名さん」

「はい」

「あの――」

電話の向こうの息が、少しためらう感じになる。

何か言おうとして、どうしようか、と考えている……？

「――ちょっと、お話ししたいことが。でも今度、お会いした時にします」

「そうですか」

「真珠ちゃん、いい子でした。楽しかったわ」

八神透子は気づかいをしてくれた。『自分も楽しかった』と、こちらの負担を軽くする言葉を口にした。

電話の声は、雑踏の音を背景にしていた。任務中なのか。忙しいのだろう。

手短に取りあえずの礼を言い、電話を切った。

「パパ」

気づくと、真珠が私の上着の裾を引っ張っていた。

「とおこちゃん、話したかった」

「あぁ、すまん」

「真珠がひっぱってるの、気がつかないんだもん」

真珠は、私が八神透子にかけていることを知り、自分も話したいと思ったのだ。なついているのか……。

「ごめんな」

私は膝をつくと、幼子の顔を覗き込んだ。

母親似か……矢島俊彦《としひこ》の面影はあまりない。

「それより――」話しかけながら、思いついた。「どこか、旅行するか」

私は、逃げ出したくなった。

〈巣《ザ・ネスト》〉のために働け。構成員になれ、という。もしも従えば。また命令一つで、死ぬかも知れない情況の中へ跳び込まされるのだ。

静穏な暮らしは望めない。

ごめんだ。

「真珠」

私は娘の前髪を摑み、ごしごしとこするようにした。

「ニューヨークの伯母《おば》ちゃん、憶《おぼ》えてるか」

取りあえず、この東京からしばらく離れたい。

鍛治光太郎を死なせてしまった。

これ以上、スカイアロー航空で平気な顔をして働かせてもらうことも――

「一度、家に帰ろう。支度をするんだ」

池上に借りている部屋へ戻るのは、気持ちとして抵抗がある。

しかし私と真珠のパスポートをしまってある。取りに戻らなくては。

「タクシーで行こう」

私には現在、肉親は一人だ。

姉が、ニューヨークにいる。結婚はせず、現地で小さな会社を作って経営している。

歩きながら、記憶の中から電話番号を呼び起こし、コールしてみるが出ない。向こうは明け方か……。

いい。勝手に押しかけて、キッチン付きのアパートメント・ホテルでも探してもらえばいい。二月か三月、東京から遠く離れたい。

羽田発の、夜の便があるはずだ。急いで支度をすれば間に合う。

到着ロビーまでエスカレーターで下り、近距離タクシーの乗り場へ向かった。

逃げるのか。

ふと。

自分の中で何かが言う。

結局、また逃げるのか……？

足が止まる。

「パパ？」

真珠が私を見上げる。

不思議そうな顔をする。手を引いていた私が、急に立ち止まったからだ。

「……いや、何でもない」

お前が少しくらい、遠くへ行ったところで。

声が私に言う。

それで、何になる……？

（うるさい）

私は頭を振る。

だが

多分、彼らの求めから逃れようはない。

（そんなことは）

立ち止まったまま、唇を噛む。

そんなことは分かっている。

自分の中へ言い返す。

ただ、今はここから離れたい。離れたいだけだ――

「行こう、真珠」

私は目を上げ、娘の手を引いた。

到着ロビーの出口へ向かった。

「瀬名君」

ふいに、背中で声がした。

5

「瀬名君。帰るのかね」

振り向かなくても、声の主は分かる。

ガラスドアの外は、到着階の車寄せ——停車するリムジンバスの車体と、タクシーが見えている。

真珠の手を引き、近距離タクシーの乗り場へ向かおうとしていた。そこへ、まるで待ち伏せていたかのように、男の声と気配は背後に現れた。

「少し、つき合ってもらえないかね?」

「——パパ?」

立ち止まり、硬直した私を真珠が見上げる。

いけない、不安がらせては……。

唇を噛んだまま、ゆっくり振り向くと。

人の往来する中、ロビーのフロアに黒いコート姿が立っている。円い縁なしの眼鏡。

「つき合いたくはない」

「そうかね?」

萬田路人は、黒革の手袋で顎の下を掻《か》く。

その指で、ガラスドアの外を示す。

「では、送らせてくれないか。車を用意してある」

「――――」

「知りたくないか、瀬名一尉」

「――何？」

「コンテナの中身だ」萬田は言う。「道すがら、説明しようじゃないか」

到着階の外の歩道に横付けして、黒い大型のバンが停《と》まっていた。

その前後にも黒塗りのセダン。ここは公共交通機関のバスと、タクシーの乗降場だ。一般の車が少しでも停まっていれば警察官に追い払われるが、その制服警官が三台の車列の前後に二名ずつ立ち、通行人に立ち止まらぬよう、誘導棒を振って促している。

黒塗りセダンからはダークスーツの人影が三名降り、何気ない所作を装って周囲を監視している。

（目立つことを）

だが私の眼を見開かせたのは。

黒い大型バンの横腹のドアがスライドして、ほっそりした影が降り立った時だ。

「……!?」

「とおこちゃん」

同時に真珠が声を上げ、私の手を放して駈け出した。

黒いパンツスーツ姿は、八神透子だ。髪を後ろで結び、駆け寄る真珠を身をかがめて受け止める。

「………」

「公安の人間ではないよ」

背後で、萬田が言う。

「彼女はここの所轄署員だ。君と話をする間、小さい子の面倒を見るように依頼した」

「………」

視線を向けると、八神透子は私を見返して会釈した。こわばった表情だ。

「乗りたまえ」

ステップに脚を掛け、横腹のドアをくぐる時。鉄板とスモークガラスの厚みが、普通でないことに気づく。

防弾仕様か——

真珠は八神透子に抱きかかえられて運転席側へ乗せられた。内部に入ると、運転台とキャビンは仕切られており、防弾ガラスに遮られて音は聞こえない。

そして。

「話の途中だったな」

しわがれた声がした。

「……!?」

見ると。

対向シートの奥――暗がりの中で私を迎えたのは、あの老経営者だ。

「今回はご苦労だった。瀬名君」

「座りたまえ」

固まる私の後ろで、萬田路人がスライディング・ドアを閉じる。

「少し走るぞ」


「民主主義は誰のためにある――? 君に、そう質問したな」

恩田啓一郎は、杖《つえ》に両手を置いて話しかけて来た。

広いキャビンだ。老経営者の両脇にダークスーツの男と、女（あの坪内沙也香ではない、歳恰好は近いが別の誰かだ）。

「――――」

私は、やむを得ず革張りのシートに腰を下ろす。老経営者を見返す。

鍛治さんを、死へ追いやる原因を造った人物――

いや。

唇を嚙む。

先輩を、死なせた直接の当事者は俺だ。ごまかすことはできない。

しかし、俺にとって好ましい人物ではない……。

「どうだ、考えてみたかね」

「コンテナの中身を」

横の萬田を、ちらりと睨む。

「教えてくれると言われた。だから乗ったのです」

この連中につき合っていたら、今夜のニューヨーク行きには乗れないかもしれない。

しかし。

生命《いのち》がけで運ばされた荷物の『中身』――

鍛治さんの生命と引き換えに、運んだ荷だ。何を俺は運ばされたのか。

「関係のある話だ」

恩田啓一郎は、杖の上に両手を置いたまま、うなずく。

バンの車体が、動き出す。

スモークガラスでキャビンは薄暗いが、外は見える。今までどこにいたのか、白バイが現われ、右側の車線を空けさせる。

「瀬名君。民主主義というものが初めて出現したのは、一八世紀末。フランス革命の直後だ。比較的最近のことだ。それまでは人類の歴史には『人権』どころか、『国民』という概念も無かった」

「…………」

「当時」

恩田啓一郎は続けた。

「栄華を誇ったルイ王朝を倒し、財産を奪って王家一族を皆殺しにした革命軍の首謀者たちは、ただ恐れた。なぜだと思う。なぜならば次は、自分たちが、次に出て来る者たちによって殺される。奪った王の財産は、その者たちがまた奪って行く――しばらくはそれが繰り返されるだろう。自分たちに出来たのだから、ほかの者に出来ないはずはない」

「……？」

何を話し始める……？

私は眉をひそめた。

フランス革命――？

だが私の視線を受け止め、老経営者はさらに続けた。

「そこで、首謀者の一人が妙案を思いついた。彼は民衆に対してこう言ったのだ。『奪った王の財産は、我々のものではない。これは君たち国民みんなのものだ。国民を代表して我々が管理するだけだ』――その時に初めて『国民』という概念が生まれた」

「…………」

「それまでの欧州では、領主に所有される領民たちがいて、王が領主たちを束ねていた。戦争は、王が傭兵を雇ってするものだった。領土を争う紛争は頻繁に起きた。だが傭兵は商売だから、自分が死ぬような無茶はしない。損だと思えばすぐ逃げる。古くは戦場で逃げ出せぬよう、兵たちに密集隊形を取らせたりしたが、近代ではそういった統制ももう効かぬ。戦争は、大した決戦もないままにだらだら続き、隣国同士が一〇〇年戦っていることも珍しくなかった。そこにフランス革命で『国民』が生まれた。革命の首謀者に『君たちには人権がある。大事な存在だ』と吹き込まれた国民たちは、愛国心を抱き、国のためなら生命をかけて戦ってやろうと思う。『わが国の存立が危ない、起《た》てよ国民』と言われれば銃を取る。商売でやっている傭兵と、国のためなら死んでもいいと考えている国民軍の兵隊はどちらが強い……？　どちらが強いと思うかね」

「…………」

「ナポレオンの率いる軍隊が、破竹の進撃をしたのは奇跡でも何でもない。欧州じゅうの国々が、これを機に生き残るため国民国家の形態へと転換せざるを得なくなった。それが近代の歴史だ。

　こうして民主主義は、金ももらわずに生命をかけて戦う強力な軍隊と、支配者が殺されることなく安全に交代出来るシステムを人類にもたらした。王は、自分が死ぬか、あるいは殺されなければ地位を降りることはない。しかし民主主義の支配者は生きたままで交代出来る。後から勃興した者は、選挙に勝つことで前の支配者を引きずり降ろせる。前の支配者も、たとえ引きずりおろされるとしても殺される心配がない。また、自分から地位を降りたいと思えば選挙におちればいい。だが」

老経営者は、私を見た。

細い目だ。

（……!?）

背中に、冷たいものが走った。

何だ。

「瀬名君」

「――はい」

「独裁者は、どうだと思う。辞めたいと思っても、辞められると思うか？」

「？」

「ある若者が」

恩田啓一郎は、スモークガラスの外へ視線を向けた。

「ある国の最高指導者の地位につけられた。その国の創立者の血筋――孫に当たるから、という事情だ。病死した父親に代わって最高指導者の地位を継ぐように周囲から促され、一度はその地位に就いた。気は進まなかったと聞いているが、最初はそれなりに、国を改革するビジョンも持っていた。ところが数年で嫌になった。原因はいろいろあろう。本人は『もう辞めたい、降ろしてくれ』と訴えたが、周囲はそれを許さない。独裁国家の最高指導者は王と同じだ。自分が死ぬか、誰かに殺されなければ地位から降りることはない。自分から辞めることは出来ない。やけになった彼は無茶をやり始めた。我々に対してシグナルを送って来た。『この状態が一生、自分が死ぬまで続くなどたまらない、降ろさせてくれ。降ろさせてくれなければ、もっと無茶をやるぞ』――と」

「その最高指導者が」

私は訊き返した。

「本当に、そんなことを言ったのですか?」

「本当だ」恩田啓一郎は、うなずいた。「私に、じかにそう言った」

「…………」

「我々は、対応手段を取ることにした。我々にも、責任があるからな」

「何の責任です」

「あの国を造った責任だよ」

「造った……?」

確か、昨夜もそんなことを。

私は恩田啓一郎を見返した。

この経済人は、何を言っている。

だが

「この私も大東亜戦争中は小僧だった」

恩田啓一郎は、続けた。

「話すと少し長いが――あの国を造るために働いたのは、〈巣《ザ・ネスト》〉の前任者たちだ。終戦直後のことだ。いつか日本が、満州へ帰って来る日のために。再び大陸へ進出する時の足掛かりとして、彼らはあの国を造った」

「…………」

「小野田寛郎《おのだひろお》少尉を知っているかね」

「？」

私は眉をひそめる。

なぜ、その人物の名が……？

「君なら、その名は知っているだろう」

恩田啓一郎は勝手にうなずいた。

「小野田少尉は『最後の日本兵』と呼ばれた人物だ。彼は〈巣《ザ・ネスト》〉のメンバーではないが、日本軍が撤退する際にフィリピン・ルバング島に残した〈残置諜者〉だった。再び日本軍が来援する時に備え、現地に残って情報を収集し、米軍に対して攪乱《かくらん》戦を展開するよう命じられていた。国内ではあまり報じられなかったが、彼はそれから二十九年後に帰国するまでの間、実に百数十回に渡って現地の米軍レーダー基地を襲撃し、三十名以上の米兵を殺傷している。司令官の一人は彼に狙撃され重傷を負った。単独で、それだけの仕事をした。鉄の意志を持つ軍人だった」

「そのことが」

私は訊き返した。

「北朝鮮が出来たことと、どう関係するのです」

「瀬名君。いいかね」

恩田啓一郎は言葉を区切った。

「朝鮮民主主義人民共和国――いわゆる北朝鮮を建国したのは、金日成《キムイルソン》という男だ。だが『金日成』を名乗った人物は、確認出来るだけで四人いる」

「？」

「朝鮮民族の希望、白馬にまたがった抗日パルチザンの将軍。それが『金日成』だ。あの大東亜戦争中。朝鮮半島は日本に併合され、日本の一部であり、朝鮮人たちも日本国民だったのだが。金日成将軍は、白馬に乗って現れては日本の憲兵や警察を懲らしめて去って行く――彼は『民族の英雄』ともてはやされ、人々の口伝えしかメディアの無かった世界で、名前とイメージだけが広まった」

老経営者は目を細める。

「本物の金日成は誰だったのか……？　今となっては分からない。確かなのは、当時、馬に乗って手下を引きつれ、日本軍の施設を襲撃すれば誰でも『我こそは金日成』と名乗ることが出来た。金日成が神出鬼没、不死身の英雄と言われたのは当然だ。そこらじゅうに何人もいたのだからな。そして大東亜戦争終結直後に北朝鮮を建国した『金日成』は、実は日本人だった。小野田少尉と同じく、日本軍が半島北部に残して行った〈残置諜者〉であり、小野田少尉と同じ陸軍中野学校の出身。そして彼は〈巣《ザ・ネスト》〉のメンバーだった」

「……」

荒唐無稽な……。

いったい、何を話している……？

老経営者の口から語られる物語に、私は言葉を失う。

バンを真ん中に挟む車列は、いつしか高速道路へ入っていたが。

スモークガラスの窓の景色も、目に入って来ない。

「彼について話そう。彼に〈残置諜者〉として与えられた任務は、数年後に日本が再び満州へ進出する時に備え、足がかりとなる独立国を造っておくこと。それはアメリカによって支配されるであろう南朝鮮とは別の国家であること。将来は朝鮮半島北部から満州、そして蒙古《もうこ》へと連なる共栄圏を築くため準備すること。日本人は、血筋としては蒙古人に近い。漢民族の共産党により支配されるであろう大陸中央部でなく、日本列島から大陸北部へ弓のように伸びる、新たな五族協和の国の建設を模索していた。そのために彼はソ連へ渡り、工作に取りかかった。しかし」

「……しかし？」

老経営者がまた言葉を区切ったので、私は見返す。

暗がりだが、間近で見れば老いた印象は否めない。

戦争終結から、もう七十年だ。

「満州から蒙古へ伸びる新共栄圏建設の構想を知ったアメリカは、ただちに潰しにかかって来た。まず占領軍の本部で若い者に六日間で草稿を書かせ、戦争放棄の新憲法を作らせた。さらに日本国民全員に対して〈ウォー・ギルティ・プログラム〉と呼ばれる再教育を施した。『日本だけが世界で一番悪い、日本以外の周辺の諸国は平和を愛するよい人々ばかりだ、日本は謝らなければいけない、二度と軍隊は持ってはいけない』と徹底的に国民、それも若い国民の頭に刷り込んだ。そのために教職員組合の設立をも容認した。また国の主権に踏み込み、後に平和条約を締結してからも軍隊を作ることを許さなかった」

「…………」

「日本人が、アメリカから流入した物質文明に驚かされ、再教育で価値観をひっくり返されている間に、大陸では共産党が中華人民共和国を成立させ、半島南部では李承晩《イスンマン》が韓国を成立させた。彼――『金日成』もソ連から帰還し、朝鮮民主主義人民共和国の建国に成功した。しかし日本が身動き出来ないでいる間に、李承晩は対馬と九州北部への侵攻を企み、釜山《プサン》に韓国軍を集結させた。李承晩は本気で日本を占領するつもりでいた。当時は自衛隊どころか、その前身である保安隊も警備隊も存在しなかった。このままではアメリカが介入する前に、対馬と少なくとも九州北部は韓国に占領され実効支配されてしまう」

「…………」

「やむなく、彼は三八度線を越えてソウルへ攻め込んだ。慌てた李承晩は釜山から軍勢を呼び戻し、対馬・九州侵攻をあきらめざるを得なかった。これが一九五〇年の朝鮮戦争勃発の真相だ」

「…………」

「アメリカは、国連軍として半島へ乗り込んで介入した。北方からは中国の人民解放軍が〈義勇軍〉を名乗って支援に押し寄せた。ソ連も支援した。戦火は拡大し、兵隊が大勢死に、アメリカは日本を手下として使おうと、手のひらを返して再軍備させようとした。しかし一度決めた憲法は簡単に覆らない。国内では、自衛隊の前身である警備隊や保安隊が組織されたにとどまった」

「…………」

「三年後に」

恩田啓一郎は息をついた。

「休戦という形で朝鮮戦争が終結したのは、君も知っている通りだ。彼は、日本を危機から救ってくれた。だが戦争をしてしまったために、北朝鮮の内部では軍部の力が強まり、また中国共産党の息のかかる一派も勢力を伸ばした。彼は『民族の英雄』だったから最高指導者の地位に君臨し続けたが、いつしか北朝鮮では彼の意に従う部下たちと、自分たちの利権のためだけに動く軍部、そして中国の属国となろうとする一派がせめぎ合いを繰り返すようになった。しかも祖国である日本は、経済的に復興を遂げたが、アジアのために働こうという素振りもない。中国では文化大革命で三千万人が殺され、ウイグルやチベットで虐殺が繰り返されているのに、何もしようとしない。日本が早期に大陸へ戻っていれば、大陸北部を勢力下に置いていれば、三千万人あまりは死なずに済んだ。彼が戦後の日本のていたらくを目にして、どう思ったのか。私には想像するしかない」

「――あなたが言われるのは」

私は、唾を呑み込み、老経営者に訊き返した。

「つまり、あの国の最高指導者の血筋は、日本人だと……？」

「そうだ」

恩田啓一郎は、杖に手を置いたままうなずく。

「日本人だ。彼と、彼の息子。そして孫。彼らは我々と同じなのだ。彼の息子の二代目の最高指導者は日本の文化や食物を好み、日本の衛星放送のＴＶを好んで見たという。何人もの人間が証言しているが、一番好きな番組は皇室番組だったそうだ」

「………………」

「三代目が、もう嫌だ、帰りたいと言う。私は責任を感じ、彼に帰って来てもらうことにした。瀬名君」

「……はい」

「君には、感謝している。君のお陰で、〈巣《ザ・ネスト》〉による小規模な極秘のオペレーションだけで彼を帰国させることが出来た。彼自身ではなく、彼の孫だがね」

「…………」

「スカイアロー〇〇九便が成功していなければ、我々は次にもっと大規模な、目立つ手を打たなくてはならなくなっただろう。よくやってくれた。君と、鍛治に感謝している」

「感謝しついでに」

背中で、萬田の声が言った。

「瀬名一尉。君に、もう一つ仕事を頼みたい」

本書はハルキ文庫の書き下ろしです。

ハルキ文庫

な 12-1

戦《せん》闘《とう》空《くう》域《いき》への帰《き》還《かん》 レイヴン・ワークス❶

著者 夏見《なつみ》正隆《まさたか》

2015年7月18日第一刷発行

発行者 角川春樹

発行所 株式会社角川春樹事務所
〒102-0074 東京都千代田区九段南2-1-30 イタリア文化会館

電話 03(3263)5247(編集)
03(3263)5881(営業)

印刷・製本 中央精版印刷株式会社

フォーマット・デザイン 芦澤泰偉
表紙イラストレーション 門坂 流

ISBN978-4-7584-3923-7 C0193 ©2015 Masataka Natsumi Printed in Japan
http://www.kadokawaharuki.co.jp/[営業]
fanmail@kadokawaharuki.co.jp[編集] ご意見・ご感想をお寄せください。

二重標的《ダブルターゲット》 東京ベイエリア分署

今野 敏

若者ばかりが集まるライブハウスで、30代のホステスが殺された。
東京湾臨海署の安積警部補は、事件を追ううちに同時刻に発生した
別の事件との接点を発見する——。ベイエリア分署シリーズ。

硝子《ガラス》の殺人者 東京ベイエリア分署

今野 敏

東京湾岸で発見されたTV脚本家の絞殺死体。
だが、逮捕された暴力団員は黙秘を続けていた——。
安積警部補が、華やかなTV業界に渦巻く麻薬犯罪に挑む!(解説・関口苑生)

虚構の殺人者 東京ベイエリア分署

今野 敏

テレビ局プロデューサーの落下死体が発見された。
安積警部補たちは容疑者をあぶり出すが、
その人物には鉄壁のアリバイがあった……。(解説・関口苑生)

神南署安積班

今野 敏

神南署で信じられない噂が流れた。速水警部補が、
援助交際をしているというのだ。警察官としての生き様を描く8篇を収録。
大好評安積警部補シリーズ。

警視庁神南署

今野 敏

渋谷で銀行員が少年たちに金を奪われる事件が起きた。
そして今度は複数の少年が何者かに襲われた。
巧妙に仕組まれた罠に、神南署の刑事たちが立ち向かう!(解説・関口苑生)